ゲーム部はじめました。

浜口倫太郎

講談社
タイガ

イラスト　usi
デザイン　坂野公一（welle design）

CONTENTS

Select a chapter

ゲーム部
始めました。
▶START

第1章　ゲーム部、爆誕！

1

春の風が頬《ほお》を撫《な》で、樹々の匂いが鼻腔《びこう》をかすめる。この感触と新緑の香りで、今が四月だとわかる。身体全体が春の到来を歓迎している。

七瀬遊《ななせゆう》は学校の敷地を歩いていた。

右手には煉瓦《れんが》造りの校舎が見える。ここは学校設立当初から使われていて、今は高等部の図書館となっている。歴史的な建造物として、建築の専門書でもよく紹介されている。

ここ星海《せいかい》学園は、幼稚園から大学までのエスカレーター式の学校だ。歴史のある名門校で、全国的にも名が知られている。遊は幼稚園からここに通っているので、高校生になったという実感はない。ただ学年が一つ上がっただけだ。

前方から騒《さわ》ぎ声が聞こえたのでそちらを見ると、人だかりができている。白い仮設テントがずらりと軒《のき》を連《つら》ね、その下では生徒たちが和気あいあいとしている。その光景を見て、遊はため息をこぼした。

これは、新入生を部活に勧誘するためのイベントだ。

星海学園は部活動が盛《さか》んで、学校も入部を奨励している。特に野球、サッカー、バスケットボール、バレーボールなどの人気スポーツは、全国大会の常連校として知られている。スポーツ推薦で入学する生徒も多く、学校中が運動神経の塊のような人間でいっぱいだ。部員数はその部の勢力と直結する。だから春のこの時期は、熾烈《しれつ》な部員獲得合戦がくり広げられるのだ。

柔道着姿の男が遊の存在に気づいた。

「おっ、君、柔道部に……」

そう言いかけて口の動きが止まる。目線が遊の頭から足に動き、気まずそうな表情になった。するとそれをごまかすように、他の通りがかりの生徒に声をかけた。

「君、いい体格してるね。ぜひ柔道部に」

遊を無視して、その生徒に付いていく。またか、と遊はうなだれた。いつものこととはいえ一向に慣れない。

柔道着姿の男たちがビラを配り、その奥ではラグビー部員が声を張り上げている。みんな屈強《くっきょう》な体つきをしていた。

彼らと比べるように、遊は改めて自分の身体《からだ》を眺めてみた。身長は人並みにあるのだが、体つきはきゃしゃで見るからに弱々しい。

顔立ちにも男らしさの欠片《かけら》もない。鼻も口も小さいのに、目だけは母親譲りで大きい。だからどうもちぐはぐだ。髪の毛もくせっ毛でどう頑張って整えても、どこかがぴょんと跳ねてしまう。鏡を見るたびに自分が嫌いになるので、最近鏡を見ることもない。

「七瀬氏、七瀬氏」

振り向くと、小さなテントがあった。薄汚れていてボロボロだ。文化系の部活が集う一角だ。日当たりがない場所なのでじめっとしていて、部員達にも覇気《はき》がない。まるでお通夜だ。

星海学園はスポーツ強豪校である一方、文化系の部活は弱小で、ひどい扱いを受けている。

その軒下で、一人の男が手招きしている。ひょろひょろして見るからに運動ができなさそうな、遊と似た体格の持ち主だ。彼は遊のクラスメイトの佐伯《さえき》だ。その両脇には、同じような色白の生徒が二人控えている。左側が背が低く、右側が背が高い。ちょうど背の順で並んでいて、三人とも眼鏡《めがね》をかけている。なんだかスマホの電波の表示に見える。

「あっ、佐伯君」

仕方なく近寄ると、佐伯が目を剝《む》いて尋《たず》ねてきた。

「七瀬氏、クラブまだ決まってないんだろ?」

「……うん」

「ならば我々雑草研究部に入部してくれないだろうか。暗澹溟濛《あんたんめいもう》たるこの未来において、雑草の屈強さと不屈の精神を学ぶことは、必ずや人類の突破口となる。我々と共に究極の雑草を求める旅にいざ」

三人の目が爛々《らんらん》と輝いている。怖い……。

「ごめん。僕、雑草には興味がないから」

遊は逃げるようにその場をあとにした。「七瀬氏、君には雑草探究の才能があるはずなんだ。君は雑草部の救世主になれる」という佐伯の悲痛な叫び声が耳に痛い。

小走りで駆け抜け、どうにか人のいない場所にたどり着いたそのときだ。胸が苦しくなり、思わず咳《せ》き込んだ。ぜえ、ぜえとあの鈍く不快な音が響いてくる。遊にかけられた解けることのない呪《のろ》い——。

まずい、と遊は青ざめた。つい走り過ぎてしまった。落ちつけ、落ちつけ、と呼吸を整える。幸いにも咳はすぐに治まり、遊は一安心した。この程度ならば薬を使わなくていい。

だがその直後、いつもの感情が込み上げてくる。それは、悔しさだ。

細い息を吐いて、前に向きなおる。広々とした芝のグラウンドで、大勢の生徒たちがサッカーをやっている。サッカー部だ。ここのサッカー部は全国大会の常連で、優勝経験もある。星海学園でも花形の部活だ。

その中の一人の選手に目が留《と》まる。フォワードで、他の選手よりも頭一つ分背が高く、恵まれた体格をしている。彼がシュートを打った。矢のようなボールが、ゴールネットの右隅に突き刺さる。その威力に、選手たちからどよめきの声が上がった。

「……さすが、善《ぜん》」

思わず感嘆の声が漏れる。シュートを決めた選手は、遊の幼馴染《おさななじみ》である冴島《さえじま》善だ。まだ一年生になったばかりなのに、もうレギュラーの座を射止めている。プロのサッカーチームのスカウトマンも善に注目していた。

善をアシストした選手が、善と一緒に喜び合っている。その様子を見て、遊の胸がずきりと痛んだ。もし僕が健康だったならば、あそこにいたのは……はっとして首を横に振り、大急ぎでその鬱屈《うっくつ》を追い払う。

春のこの時期に善を見るのは精神的によくない。反対方向に目を逸《そ》らすと、掲示板があった。あまり人通りのない場所にある掲示板なので、ずいぶんと古ぼけている。

そこに一枚のチラシが貼ってあった。

『ゲーム部はじめました』

その一文と地図が描かれている。

ゲーム部ってなんだ、と遊はそのチラシに見入った。

よく見れば、イラストが描かれている。金髪の男性のキャラクターで、ダボダボのズボンを穿《は》いている。建設現場の作業員みたいな感じだ。上は和柄《わがら》の派手なジャージを着ていて、背中に家紋《かもん》のようなマークがわずかに見える。腰に日本刀を差していて、手を奇妙な形に組み、そこから炎のようなものが噴《ふ》き出していた。

「なんだ、これ？」

そう呟《つぶや》いた直後、

「TON《トン》だ」

突然背後から声が返ってきたので、遊はぎょっとして振り返った。

遊と同じブレザー姿の生徒だ。遊よりも頭半分背が高くて、すらっとした体型をしている。ただ細身だが、遊のようなひ弱な印象はない。全身バネの塊という感じだ。

俳優のような甘い顔立ちをしているので、女性に人気がありそうだ。けれどそれを帳消しにするように、眼光が異様に鋭い。まるで獣のような目つきだ。そしてその目に宿《やど》る光に、遊はなんだか見覚えがあった。

「TONって……」

戸惑いながらもう一度チラシに目を向けると、「危ない！」という大声が響き渡った。

弾《はじ》かれるようにそちらを見ると、サッカーボールがその男にぶつかる寸前だった。

ぶつかると息を呑《の》み込んだ直後、男が胸でボールの勢いを殺した。まるで時間が遅くなったように、ボールがふわりと浮かび、それを足の甲でピタリと止める。

なんて美しいトラップなんだろう……遊はつい目を奪われた。

「悪い、大丈夫かあ？」

ボールを蹴ったサッカー部員の正体がわかった。善だ。こちらに近づいてくる。

「ちっ」

善に気づいた男は軽く舌打ちをすると、逃げるように立ち去っていった。

入れ替わるように善が近づいてくる。さっきの男と比べると、善は全体的にがっしりしている。眉毛《まゆげ》が太くて男らしい顔つきだ。そしてとにかく首が太い。この頑丈な首を使って、善はこれまで何十本ものヘディングシュートを決めてきた。

善が心配そうに尋ねた。

「遊、ボールは当たらなかったか？」

「うん。さっきの人が胸トラップでいなしてくれた」

あれだけのスピードボールの勢いを一瞬で殺した。かなりの高等技術だ。

「やっぱりあいつ九条 成道《くじょうなるみち》だったのか」

「九条？　九条成道ってあの南西中《なんせい》の？」

中学校サッカーでは有名な選手だ。一度星海学園と南西中の試合を見たことがあるが、そのとき九条成道は強烈なシュートを決めていた。

さっきの成道の目に見覚えがあったのは、シュートを決めたときの眼光が記憶に残っていたからだ。まるで虎のように猛々《たけだけ》しい目つきをしていた。さらにあのトラップの見事さも合点がいった。九条成道ほどのテクニックがあれば造作もないだろう。

「でもあの九条成道がここにいるわけないだろ」

「知らないのかよ。九条は高校からうちにスポーツ推薦で来たんだぜ。監督があいつに惚《ほ》れ込んでスカウトしたんだ」

「そうなの」

驚いた。まさかあの九条成道が星海学園のサッカー部に入るとは……。

「じゃあ善と九条君で最強ツートップじゃないか」

この二人が揃《そろ》えば、全国大会制覇も夢ではない。

「まあ監督もそう考えたんだろうけどな、でも九条のやつ、うちに入学したのになぜかサッカー部に入らねえんだ」

「えっ、なんで、スポーツ推薦で来たんじゃないの？」

首を傾《かし》げる遊よりも、善の方がよりいっそう首を傾げている。

「わかんねえよ。『スポーツ推薦で来たが、サッカー部に入らなければならないって決まりはどこにもない』って無茶苦茶なことを言い出してよ。監督もうちの部員もカンカンに怒ってるぜ」

「……不思議な人だね」

「ああ、俺も九条とツートップを組めるんならって期待してたんだけどな」

ふうと善が肩を沈ませると、気持ちを入れ替えるように言った。

「それより遊、部活決めたのか？」

「……それがまだなんだ」

頭が痛くなる。この学校では必ず何かの部活に入らなければならない。

「やっぱり音楽系か？」

「僕ができる楽器はピアノだけだから、入れるとしたら合唱部ぐらいだよ。でも合唱部にはすでにピアノ弾《ひ》ける人がいるしね」

遊の唯一の特技がピアノだ。すると善が切り出した。

「じゃあおまえサッカー部に入ってマネージャーをやらないか」

「サッカー部のマネージャー？」

「ああ、マネージャーっていっても雑用やれっていうんじゃないぜ。アナリストをやってくれ。いつも海外サッカーの分析を教えてくれるだろ。ああいうのをサッカー部でやって欲しいんだよ」

「でも僕がやってるのはただの遊びだよ」

「おまえの分析は遊びの域を超えてるよ。ちょっと考えといてくれ」

「……うん」

頷《うなず》く遊を見て、善が踵《きびす》を返した。軽快にドリブルしながら戻っていく。体格こそ変われど、その姿は子供の頃から一緒だ。遊は昔を思い返した。


あれは幼稚園の頃だ。

善が幼稚園の園庭で、みんなと一緒にサッカーをやっていた。幼馴染の善は飛び抜けてサッカーがうまかった。

遊はうらやましさを堪《こら》えながら、その光景を静かに見つめていた。遊は生まれつき気管支が弱く、医者から運動は止められていた。ちょっとでも動こうとすると、母親の円《まどか》や幼稚園の先生が目を剝いて制止してくるのだ。

幼い遊は、それが納得できなかった。どうしてみんなのように外で走り回ったり、ボールを蹴《け》ったりしてはいけないのか。なぜ大人は止めるのか……。

その鬱屈が、ある日に爆発した。遊はきょろきょろと辺りを見回し、先生がいないことを確認した。遊は手を振って声を上げた。

「おーい、僕も入れてよ」

みんなの動きが止まり、善がきょとんと言った。

「遊ちゃん、サッカーやっていいの？」

「うん。いいんだ。先生がやっていいって」

そう嘘をつくと、善が顔を輝かせた。

「ほんと。やった！　遊ちゃんとサッカーができる！」

みんなでサッカーをする。善や友達と一緒に全力で駆け、思い切りボールを蹴る。それがこんなに楽しいことだなんて。遊は夢中でサッカーを満喫した。

だがやがて、肺から悲鳴のような響きが聞こえた。息が、息ができない……そのまま遊は跪《ひざまず》き、悶《もだ》え苦しんだ。喉を掻《か》きむしっても呼吸ができない。それほどの苦しみだった。

遊の異変に気付いた先生が、血相を変えて駆け寄ってきた。あの青ざめた顔は今でも脳裏に焼きついている。

「遊ちゃん、遊ちゃん」

遠のく意識の中、慌てふためく先生の声が耳の奥で響いていた。

一生スポーツはできない――あの喘息《ぜんそく》の発作は、遊の身体だけではなく心にもそう刻印を押したのだ。

でも春のこの時期に善のサッカーをする姿を見ると、遊はいつも想像してしまう。もし自分の身体が丈夫で、善と共に幼稚園からサッカーをやっていたとしたら、善の隣でボールを蹴っているのは自分だったのではと。

こんな細くて貧弱な身体ではない。善ほどまでとはいかないが、スポーツマンらしい筋肉で包まれた頑強な身体だ。それは遊の理想の姿だった。

ふと地面を見ると、自分の影が映っていた。細い首と丸い頭の影がマッチ棒を連想させる。鏡どころか影を見るのも嫌になる……遊は思わずため息をついた。

とぼとぼと校門に向かって歩きはじめる。善の言う通り、そろそろ部活をどうするか決める必要がある。当然遊は体育会系の部活はできないので、文化系の部活しかない。でも入りたい部活がちっとも見当たらない。

ふと足を止めた。そこにさっき会った九条成道がいたからだ。きょろきょろと辺りを見回している。

「どうしたの?」

「うるさい。なんでもない」

そこでピンときた。

「もしかしてさっきのゲーム部の部室を探してるの?」

星海学園は敷地が広大な上に構造が複雑なので、新入生は必ず迷子になる。大量発生する迷子も春の名物だ。

「よかったら案内しようか？」

チラシを見て場所は把握している。

「自分でいける」

ぶっきらぼうに成道が返し、体を右に向けて足を一歩踏み出す。

「そっちは逆だよ。こっちだよ」

遊が指摘すると、成道がすぐに立ち止まった。そして一拍間を置くと、

「案内しろ」

そう命じた。

成道と並んで歩く。改めて成道の顔を見たが、本当に容姿端麗だ。これでサッカーの実力もあるのだから、女子生徒は放っておかないだろう。ただ目つきだけは相変わらずおっかない。

成道が一言も発さないので、遊は自分から声をかけることにした。

「僕は七瀬遊っていうんだ。よろしく、九条成道君」

成道が驚いたように訊き返す。

「なぜ俺の名前を知ってるんだ？」

「さっき善に聞いたから。ほらっ、ボールを蹴った」

「おまえ冴島善を知ってるのか？」

「うん。幼馴染だから」

「いいか。冴島には俺のことを一切喋るな。ゲーム部のことは特にだ」

目を据えて声を荒らげる成道に、「わっ、わかったよ」と遊は怯《おび》えながら頷いた。

沈黙のまま、また二人で歩き出す。そこでふと疑問が浮かんだ。どうして成道はスポーツ推薦で入学したにもかかわらず、サッカー部に入らないんだろうか？

なかなかたどりつかないので、成道が苛立ちをあらわにする。

「まだか」

「この学校はとにかく広いんだ」

「広すぎるだろ。一体何分歩いてるんだ」

「でも最北端エリアに入ったからそろそろだよ」

この学園は四つのブロックに分けられている。北が高校、西が中学校、南が大学で、東が小学校と幼稚園だ。それぞれのブロックが東京ドーム一個分ほどあり、中央ブロックには食堂、公園、図書館、コンビニ、有名チェーン店が入ったフードコートや、映画館やコンサートホールまでもがある。まるで一つの街だ。

北ブロックの中央には、野球場やサッカーコートなどの花形運動部の豪華施設があり、さらにその奥が文化系の部活棟があるエリアだ。チラシの地図だと、ゲーム部の部室がある棟は学園のもっとも北に位置するみたいだ。

「……たぶんあれだね」

遊が前を向くと、成道が息を呑んでから呟いた。

「これって使われてるのか……」

成道の反応も無理はない。コンクリート造りの校舎だが、壁は黒ずんでいて一面を蔦《つた》が覆《おお》っている。高等部の図書館も同じぐらい古いが、あっちは趣《おもむき》があって歴史が感じられる。一方こちらの校舎はただ老朽化が酷いだけだ。

「なんだここは？」

不気味《ぶきみ》そうに成道が辺りを見回している。

「文化系の部室棟だよ」

新しい利便性の高い建物は、体育会系の部活が占領している。文化系の部室棟はこの老朽化したものだけだ。ここは星海学園のゴミ箱と揶揄《やゆ》されている。

中に入った瞬間、床が軋《きし》んだ。まるで楽器のように、歩くたびに音が鳴り響く。壁や扉には、ポスターやチラシがべたべたと貼られている。

『このままでは廃部です。どうか、どうか、入部してください。発酵部』と書かれたチラシがあった。星海学園文化部名物の『懇願チラシ』だ。

中を覗《のぞ》くともぬけの殻だ。どうやら廃部になったらしい。他の部屋もずいぶんと空きが多い。建物全体からすすり泣きが聞こえるような気がする。

ゲーム部の部室は二階の一番奥の部屋のようだ。遊がそろそろとドアを開けると、床以上に軋む音がした。その音に反応したように、

「あっ、誰？」

女性の大きな声が返ってきた。ソファーから立ち上がると、急いでこちらに駆け寄ってくる。星海学園のブレザーを着ているので、ここの生徒であることには間違いない。

遊の直前でピタリと止まり、彼女が瞳を輝かせて言った。

「ようこそ。ゲーム部へ。チラシ見てくれたの？」

「ええ、うん。そうです」

戸惑いながらも遊は頷く。ゲーム部の人なので、暗そうな男性が迎えてくれるのを予想していたら、まさか女性とは思いもよらない。

さらに彼女を間近で見て、遊はどきっとした。

小顔でショートカットがよく似合っている。表情がよく動くので、見ているだけでこちらも楽しくなる。華があるとはこういう人のことを言うのだろう。まるで太陽みたいな人だ。

「ゲーム部部長、花見《はなみ》くるみです。一年生です」

「七瀬遊です。同じく一年生です」

ちらっと成道を見ると、成道は仕方なさそうに名乗った。

「九条成道だ。一年だ」

「遊君に成道君ね。よろしく」

そのくるみの笑顔を、遊はまともに直視できない。女子と話したのも久しぶりなのに、こんなに可愛い人ならばなおさら緊張する。

「よっ、よろしく」

どうにか遊が挨拶を返す。成道が無愛想に顎《あご》でしゃくった。

「ゲーム部ってTONをやるってことだよな」

そこでようやく遊は、部室の様子を眺めることができた。

広めの室内にソファーと大きなモニターがある。成道が顎で示した先には、ボックス型の機械があった。ゲーム機だ。

遊はゲームをやらないが、さすがにこれは知っている。世界でトップシェアを誇っているゲーム機だ。

くるみが意気揚々と答えた。

「もちろん。なんせTONは世界No.1ゲームなのだから」

それに遊が反応する。

「TONって何？」

さっきチラシを見たとき、成道が口にした言葉だ。ずっと気になっていた。

「遊君はゲームはやらないの？」

「うん」

「今時珍しいね。なるほど。じゃあ知らないのは無理ないか。論より証拠、急がば回れはいんちきだ。早速やっちゃおうぜ」

くるみが跳び跳ねている。なんて陽気な人なんだろうか。

遊と成道がソファーに座り、くるみがゲーム機のスイッチを入れる。モニターには、『TOP OF THE NINJA』というロゴが表示された。

「忍者って……これ忍者のゲームなの？」

くるみが嬉々として応じる。

「そう。忍者ゲーム。簡単に言えば、忍者が戦うゲーム。楽しいよ」

「でも忍者っぽくないね」

ゲーム部勧誘のチラシと同様、画面のキャラクターは誰も忍者の格好をしていない。忍者との共通点はだぼっとしたズボンと刀ぐらいだ。

「現代版の忍者って設定だからね。現代に残る忍者の末裔《まつえい》たちが、忍者の頂点を目指すってゲームなの」

「へえ」

そう言われてみるとそんな感じがする。キャラクターの格好もそれぞれに個性があり、デザインも洗練されている。

「このゲームってそんなに人気があるの？」

「そうだよ。もう世界中の人がＴＯＮに夢中なんだから」

得意げに語るくるみに、成道がいらいらと言った。

「こいつはただの道案内だ。入部希望者じゃ……」

「えっ、そうなの。余計な説明はいらねぇ」

「ごめん。そうなんだ」

がっかりするくるみに、遊は恐縮して言った。これほど意気消沈するとは思わなかった。だがくるみはすぐに気を取りなおした。

「まあ、成道君が入部してくれるならいいか」

「まだ入部するとは決めていない。おまえの腕前を見せろ」

「えっ、私がやるの？」

「おまえがここの部長だろ。どれぐらいの腕があるのかまずは見せてもらう」

「……まだネットが繋《つな》がってなくて」

「ならトレーニングモードでいい」

「わかりましたよ。やればいいんでしょ」

くるみがしぶしぶコントローラーを手にし、何やら操作しはじめた。そのキャラクターを見て、遊は気づいた。

「これって花見さんじゃ……」

和柄のジャージは同じなのだが、その顔はくるみそっくりだ。

「うん、そうだよ。私。TONはアバターを自分の顔にできるの。まあそんなことしなくても遊べるんだけど、大会に出るにはそれが必須条件だからね」

大会？　その言葉が気になったが、くるみは先に進んでいる。

モニターに殺風景な部屋が映った。的《まと》のようなものがあるので、トレーニング場だろう。

「花見さんのキャラは武器は持ってないの？」

チラシのキャラクターと違い、刀を手にしていない。

「うん。刀を使うのは近忍《きんにん》だけだよ。私は中忍《ちゅうにん》。でも武器がないわけじゃないよ。ほら手袋みたいなのをはめてるでしょ」

「うん」

「これは『忍甲《にんこう》』って言うんだ。忍甲をはめた手から放たれる忍弾《にんだん》で攻撃するのが中忍だね。あと遠忍《えんにん》は、『忍銃《にんじゅう》』っていう銃で遠距離射撃するんだ」

「忍者なのに銃を使うの？」

「史実でも忍者は火薬について詳しかったと言われていて銃火器の扱いもうまかったんだ」

「へえ、そうなんだ」

「おまえ、いちいちうるさいんだよ。口塞《ふさ》いでろ」

成道が怒鳴ったので、遊は急いで口を閉じた。するとくるみが自信なさげに言う。

「でも今日ちょっと指の調子が悪くて、エイム力が……」

「いいから早くやれ」

「わっ、わかりました」

くるみが飛び上がり、コントローラーを握りなおした。遊が知っている昔のゲーム機のコントローラーよりも、ずいぶんとボタンが多い。

くるみがモニターを凝視している。顔も体もかちこちで、緊張が伝わってくる。

スタートという合図で、画面上の鳥が動き出す。あれが的なのだろう。

「いけ！　やれ！」

手から風の塊のような弾が放たれる。あれが忍弾というやつなのだろう。いろんな種類がありそうだ。

ただ威勢のいいかけ声のわりに、鳥にはかすりもしない。おそらくあの白い十字のカーソルと鳥が合わさったときにボタンを押せば命中するのだろうが、わざとやっているのかと思うくらい当たらない。

タイムアップになり、鳥が消えてなくなった。くるみがモニターに向き合いながら放心している。

気まずい沈黙が生まれ、遊は声をかけられない。

「……おまえ本当に部長か」

呆《あき》れ混じりに成道が口を開くと、くるみがしょんぼりと返した。

「……だって私、TONの才能ないんだもん」

「じゃあどうしてゲーム部を作ったの？」

遊が問いかけると、くるみが目を剝いた。

「TONが好きだから。ゲームの腕はなくてもTONは好きなんだもん。それっていけないことですか、松陰《しょういん》先生」

幕末の志士で、松下村塾《しょうかそんじゅく》を主宰した吉田《よしだ》松陰のことだろうか。

「松陰先生って言われても……」

くるみは少し風変わりな人みたいだ。外見が可愛い分、ギャップがとんでもない。

成道がつっけんどんに言う。

「下手の横好きか。それで部まで作るんだからどうかしてる」

「うるさい、うるさい」くるみがむきになる。「じゃあそこまで言うなら成道君、やってみてよ」

そうコントローラーをつきつけると、成道が嫌そうな顔をする。

「なんで俺が……」

「断るの。じゃあ私より下手ってことでいいね。よござんすね」

「ふざけるな。一緒にするな」

かちんときたように成道がコントローラーを受け取り、スマホをコントローラーに向けた。

「何やってるの？」

遊の質問に、成道は聞いて聞かぬふりをする。代わりにくるみが答えてくれた。

「自分のキャラクターを読み込んでるの。ＴＯＮアプリに登録していれば簡単にできるんだ」

「へえ」

ゲームも自分の知らないところで進化している。

画面に浮かんできたキャラクターは成道に似た顔をしていて、赤いジャージを着ていた。確かあの和柄は矢絣《やがすり》だ。

ただ、成道のキャラクターは手に刀を持っていた。刀身がすらりとして、怪しい光を放っている。そのグラフィックの美しさに遊は目を奪われた。

「むっ、『菊一文字則宗《きくいちもんじのりむね》』。おぬし、やるな」

唸《うな》るくるみに向けて、成道がにやりと笑った。

「もう俺の実力はわかっただろ」

「ねえ、どういう意味なの？」

我慢できずに遊が問うと、くるみが答える。

「成道君のキャラは近忍といって刀で戦うの。近接戦闘がメイン。で、この菊一文字って刀はある条件をクリアしないと使えない刀なんだ。武器ランク上位ね。強い武器を持っているってことはゲームもやり込んでいるってこと」

「はあ、なるほど」

軍の階級章みたいなものなのだろうか。

そうこうするうちに、ゲームがはじまる。今度は鳥が成道のキャラクターに向かってくる。それを成道は瞬《またた》く間に切り捨てる。見えないほどの早業《はやわざ》だ。すべての鳥をすぱっと一刀両断している。

さらに遊が注目したのは、そのすばやく軽やかなステップだ。その動きに合わせて刀身が走る。

「ぐっ、見事なダブルタップ」

くるみが唸り声を漏《も》らした。悔しさと尊敬が一緒になった声だ。

その瞬間、遊にはモニターがサッカー場に見えた。成道のキャラクターが、サッカーをプレイしていた成道と重なる。そう、まるでサッカーをするように、成道はゲームをプレイしている。

結局、成道はすべての鳥を見事に倒した。達人の妙技を見ているようだ。遊はこのゲームを見たことがなかったが、その凄さは素人ながら伝わった。サッカーのスーパープレイを目撃した気分だ。

くるみがぎこちない声で言う。

「うっ、うん。言うだけはあるね。みっ、認めてやろう。おぬしの実力を。あっぱれじゃ、武家指南役《ぶけしなんやく》として我が部に召《め》しかかえようではないか」

遊は大声で褒《ほ》め称《たた》えた。

「凄《すご》い。凄いよ。成道君！」

成道がコントローラーをソファーに置いた。

「で、他の部員はいつ来るんだ？」

「……えっ、他の部員？　なんのことですかな、お爺さん。わしは最近めっきり耳が遠くなってのお」

とぼけた調子でくるみが返すと、成道の眉間《みけん》にしわが寄った。

「まさか、このゲーム部おまえしかいないのか？」

「そっ、そんなことないのだ。今からバンバン来るんだから。行列ができるラーメン屋並みに」

成道が失望の息を吐くと、ソファーから立ち上がった。

「時間の無駄だった」

「なんでよ。四人いたらチームにできるじゃない。私と成道君、そしてあと二人集めたらいいじゃない」

四人？　どういう意味だろうか？　遊にはちんぷんかんぷんだ。

「おまえじゃ話にならない。俺は甲子園で勝つことが目的だ。みんなで仲良くゲームごっこなんかまっぴら御免だ」

そう言い捨てると、成道は部屋から出て行ってしまった。「あー、貴重な経験者が。お宝が」とくるみが床に膝《ひざ》をつき、すがりつくように言う。大魚に逃げられた漁師みたいだ。

「ねえ、甲子園ってどういうこと？」

「ゲーム甲子園のことだよ」

くるみが立ち上がり、スカートの埃《ほこり》を払った。

「ゲームに甲子園なんかあるの？」

「あるよ。TONはもうただのゲームじゃなくてスポーツなんだから」

「スポーツ？」

それってどういう意味なの、と遊が尋ねようとした直前で、くるみのスマホのアラームが鳴り響いた。

「あっ、いけない。先生に呼ばれてるんだった」

慌ててくるみが鞄《かばん》を手に取り、扉へ駆け出したが、「おっとっと……」と片足でけんけんをしてくるっと半回転した。そして遊の下《もと》に戻ってきて、スマホを取り出した。

「遊君、連絡先交換しとこうよ。せっかく友達になったんだから」

「えっ、友達」

「いや？」

急にくるみが顔を覗き込んできたので、遊はたじろいだ。

「そんなことないよ。連絡先交換しよ」

ポケットからスマホを取り出し、連絡先を交換した。早速くるみからスタンプが送られてくる。坂本龍馬《さかもとりょうま》のイラストで、『友情の夜明けぜよ』と言っている。

「じゃあまたね」

くるみが猛烈な勢いで部屋を飛び出していった。一人だけ取り残された遊は呆然としていた。

学校を出ると、遊は病院へと向かった。

中に入ると入り口にある消毒液を手指によくすりこみ、フロアに入る。今日は人が少ない。陽気が春めくと病気もかかりにくくなるのだろうか。

エレベーターに乗って階数ボタンを押そうとすると、代わりに誰かが七階のボタンを押してくれた。遊が顔を上げると、女性がにこりと微笑《ほほえ》んだ。この病院の看護師だ。もうスタッフ全員が遊のことを知っている。

病室に入ると、ベッドに座った女性が本を読んでいた。昨日遊が渡した漫画だ。彼女の顔色を見て遊は安心した。今日は体調がよさそうだ。

彼女が遊に気づき、やわらかく微笑んだ。

「今日は機嫌が良さそうね。何かいいことあったの?」

その女性は、遊の母親の七瀬円だった。

円は生まれつき心臓が弱く、入退院をくり返していた。ただ今回は入院の期間が長く、遊も毎日のように見舞いに通っている。

「そんなことないよ」

「そう、可愛らしい女の子とでも会ったのかと思ったんだけど」

「なっ、何、馬鹿なこと言ってんの」

さっき会ったばかりのくるみの顔が脳裏をよぎり、頰が一瞬で熱くなる。その遊の様子を見て、円がくすくすと笑っている。

「相変わらず遊はわかりやすいわね。どんな子なの？」

「やめてよ。母さん。何もなかったよ」

遊をからかおうとするのが、円の悪い癖だ。ただ円が喜ぶ顔が見られるのは、遊にとっては何より嬉しい。

「この時期はあなたはいつも暗そうにしているから……」

円がしんみりと言ったので、遊は胸が詰まった。そして三年前、中学に入学した日を思い出した。ちょうど今と同じ春のこの時期だ。

スポーツ系の部に入りたいのに入れない……遊がそう愚痴《ぐち》ったのだ。すると円が沈んだ表情でこう漏らした。

丈夫な体に生んであげられなくてごめんね……。

今でもそのときの光景が鮮《あざ》やかに思い出される。この病室で、春風がカーテンと円の細い髪を揺らしていた。ちらちらと射し込んでくるおだやかな陽光が円の顔に注《そそ》がれ、遊ははっとした。円の目にはうっすら涙が滲《にじ》んでいた。その悲しげな姿を見て、「二度と母さんの前ではこんなことは言わない」と遊は心に誓った。

暗い空気を変えるため、慌てて話を前に進める。

「あっ、そういえば善からサッカー部に入らないかって誘われたんだ」

「サッカー部に？」

円が怪訝《けげん》そうな顔をする。

「もちろんサッカーをするわけじゃないよ。サッカー部のマネージャーとして入るんだ。僕に試合の分析をするアナリストをして欲しいって」

「へえ、今は高校のサッカー部のマネージャーがそんなこともするんだ。私だったら無理だったな」

円は高校生の頃、サッカー部のマネージャーをやっていた。遊と同じ星海学園でだ。

さらに父親の誠司《せいじ》も星海学園のサッカー部でしかもキャプテンだった。星海学園初の全国制覇を成し遂げ、星海の英雄と称された。誠司にはプロのサッカークラブからの勧誘もあったが、膝の怪我のせいで断念した。もしなんの支障もなかったならば、プロ入りして日本代表に選ばれていただろう。周りの人間はみんなそう残念がっていた。

「善に誘われたんだし、サッカー部に入ってみようかなと思って」

「ふうん、でもそれって遊がやりたいことなの？」

真顔で円が問いかけたので、遊はふいをつかれた。

「なっ、なんで？　僕、サッカー好きだから」

「なんとなくそう思っただけ。あなたが本当にやりたいことなら母さんは応援するからね」

「ありがとう」

そう答えたものの、遊はまだ動揺していた。サッカー部に入ると言ったら、円は喜んでくれるものとばかり考えていた。

円が話題を変える。

「お父さんは、どう？」

「うん、まあ、相変わらず……」

父親の誠司のことを聞かれると、どうしても言い淀《よど》んでしまう。

「でも母さんに言われた通り、朝食は果物や野菜で作り置きして食べてもらってるから大丈夫」

「遊には面倒かけるわね。あの人、仕事にのめり込んだら自分の身体のことなんかちっとも気を使わなくなるから」

「そうだね……」

遊は言葉少なにそう返した。

今日はしじみの赤だしと、鶏《とり》のパン粉焼きだ。栄養も考えて海藻《かいそう》サラダ付きにした。毎日病院を出てからスーパーに寄り、夕食の材料を買って帰るのが日課となっている。作るのも一人、食べるのも一人だ。

「いただきます」

手を合わせて黙々と食べはじめる。しじみはよく出汁《だし》が出ているし、パン粉焼きもうまい。でも今日はなぜか味がしない。一人で食べることに寂しさなんて感じなくなっていたのにどうしてだろう？　自分でもよくわからない。

食事を終えてすぐに部屋に戻る。ベッドと勉強机、そしてアップライト式のピアノが一台置かれている。この部屋は防音なので、周りを気にすることなくピアノが弾ける。

どうにも落ちつかないので、ストリートでピアノを弾くYouTubeを見ることにした。都庁に置かれている誰でも弾ける黄色いピアノで、ピアニストが映画音楽を奏《かな》でている。

曲を聴いて胸が高鳴る。それは遊の好きな映画で、暗譜《あんぷ》もしている曲だった。すべて聴き終えると、遊はピアノの前に座った。腕まくりをして、おもむろに弾きはじめる。なめらかに指を動かし、鍵盤とたわむれる。軽快なピアノの音色が鬱屈を溶かしてくれる。

最後まで弾き終えたあとの、軽い疲労感が心地いい。もし円が聴いていたら喜んでくれただろう。あの病室にピアノがないのが残念でならない。

運動ができない遊に、ピアノを習わせてくれたのが円だった。子供の頃から毎日かかさず弾いていて、今ではかなりの腕前だ。ただ遊は、本格的に音楽の勉強をやろうとは思わなかった。好きなときに好きな曲が弾ければそれで十分だ。だから高校進学を機に、ピアノ教室は辞めてしまった。

ピアノのおかげで気分はましになったが、まだ胸に引っかかりがある。ダメだと遊は風呂に入ることにした。風呂に入ってすっきりすれば、少しは心が穏やかになるだろう。

扉を開けて部屋を出ると、遊は立ちすくんだ。父親の七瀬誠司とちょうど出くわす形となってしまった。

「おっ、おかえり」

つい声が上ずってしまう。誠司の帰宅はいつももっと遅いので、心の準備ができていなかった。

「ああ」

低い声で誠司が応じ、遊は途端に緊張した。あいかわらず無愛想な返事だ。表情にも目にも動きがないので、いつも怒られているように感じる。

「そういえば僕、サッカー部に入ることにしたんだ」

なぜか口走ってしまう。この緊張感からの逃避行動だ。

「サッカー部？　おまえがか」

「サッカー部といってもマネージャーだよ。僕に相手チームの分析をしたりして欲しいんだって」

「アナリストか。最近は高校でも導入されているらしいな」

誠司の表情に、わずかだが感情が浮かび上がる。やっぱりサッカーの話になると、誠司は関心を示してくれる。

「今年の一年生は善を含めて豊作だ。全国優勝も見えてきたな。アナリストならおまえも能力を活かせる。やるならしっかりみんなの後押ししてやれ」

「うん」

遊が頷くと、誠司はリビングに入っていった。その姿が消えたのを確認して、遊は膝から崩れ落ちそうになった。

小学生の頃、誠司側の祖母と叔父が話をしていたのを偶然聞いてしまったことがある。誠司は子供と一緒にサッカーをやるのが夢だった。子供をプロのサッカー選手にしたかった。だが遊は体が弱いから、誠司のその夢は幻で終わったと……。

好きでこんな体に生まれたんじゃない。そう二人に怒鳴りたかったのを、遊は歯を食いしばって堪えた。

ただ祖母と叔父の会話を聞いて、遊はサッカー観戦に励むようになった。子供をサッカー選手にするという誠司の夢を、自分は果たせなかった。だからサッカーはできなくても、せめてサッカーに精通しよう。そうすれば親子共通の話題ができる。遊はそう考えたのだ。

ダメだ。また嫌な感じになっている。遊は深く息を吐き、ゆっくりと吸い込んだ。

最近部活のことばかり考えていたが、やっぱり文化系の部活は嫌だ。雑草研究部なんて論外だ。部長の佐伯君には申し訳ないが……。

となると善の誘いに応じて、サッカー部のマネージャーになるのが一番だ。サッカーの知識を活かせるし、何より善と一緒に部活ができる。全国制覇という共通の目標ができるのだ。

そうと決まれば、早速善にメールしよう。遊はスマホを手にしてアプリを開き、メールを打とうとしたが、なぜか親指が動かない。その理由がわからず、遊は一瞬困惑した。

「まあ、学校で会ったときに言えばいいか」

直接伝えて善が喜ぶ顔が見たい。メールが打てなかったのも、心のどこかでそう思ったからだろう。

そこでふと、円の顔が思い浮かんだ。サッカー部のマネージャーをすると言った際、なぜ喜んでくれなかったんだろうか？　自分と同じマネージャーをするのだから、母親ならば嬉しいんじゃないのだろうか？

考えすぎかと遊は頭を強く振った。それからベッドに寝転んだ。ただへばりついたガムのように、その疑問は頭から離れることはなかった。

2

土曜日、遊は家の最寄り駅から三駅ほどにある繁華街にいた。

遊の暮らす地域はどこにでもある地方都市だが、この辺りにくるとずいぶん賑やかになる。いつもは人通りが多いところは避けているが、今日はあえてここを訪れた。

ふわあとついあくびが出てくる。結局昨日は熟睡できなかった。眠気を堪えながら駅ビルの書店に入り、参考書を買う。スポーツができないのだから、せめて勉強ぐらいはちゃんとやらないと。

買い物を終えてエレベーターで下の階に降りると、何やら騒々しい。人だかりができていてざわめきが聞こえてくる。気になったので、遊はそのフロアで降りてみた。確かここはおもちゃやゲームのフロアだ。

人と人の間を縫《ぬ》うように先に進むと、遊はあっと声を上げた。

そこには大型のモニターがあり、遊の見覚えのあるものが映っていた。それは昨日ゲーム部の部室で見た、ＴＯＮだ。

あの派手な忍者たちが戦っている。ステージも昨日とは違い、香港《ホンコン》や台湾《たいわん》の下町を連想させるアジアっぽい場所だ。

大型モニターの下では、四人がコントローラーを持ってプレイしていた。それぞれの前には小型のモニターも置かれている。その一番右にいる人間が視界に入り、遊は目を丸くした。

そこに九条成道がいたのだ。ゲームに熱中しているせいか、遊の存在には気づきもしない。食い入るようにモニターを見つめている。

大型モニターにはそれぞれのキャラクターの動きがわかる画面と、ステージを俯瞰した映像が分割されて映っていた。これを見れば、各キャラクターの配置が把握できる。

八人のキャラクターがいる。4vs.4で戦っているみたいだ。モニターの前には四人しかいないので、敵側の四人とはオンラインで対戦しているに違いない。

成道のキャラクターはすぐにわかった。昨日と同じキャラクターで日本刀を振るっている。菊一文字則宗だ。

成道が敵を倒し、『残り2』とモニターに表示されるとひときわ大きな歓声が上がった。味方の一人が中央の塔みたいなものに駆け上がり、キラキラと光る玉に触れると点数が追加された。勝利という文字が浮かぶと、周りからまたも歓声が上がった。成道側が勝った様子だが、本人はにこりともしない。

席を立った成道と目が合った。その顔に驚きの色が浮かんだので、遊のことを覚えていたみたいだ。軽く手を振ると、そそくさと立ち去ってしまった。

それにしても成道はなぜこんなところでゲームをしているのだろうか？　サッカーができる身体が、遊は喉から手が出るほど欲しい。遊が渇望するものを成道は持っているのに、フィールドに立たずにこんなところでゲームに熱中している。だんだん腹が立ってきた。

スマホが震えた。画面を見ると、『花見くるみ』と表示されている。一瞬誰だかわからなかったがすぐにはっとした。ゲーム部の部長の花見くるみだ。あたふたとLINEを見ると、『後ろを見ろ』という一文とおどろおどろしいスタンプがあった。

そろりと振り返ろうとすると、「わっ」と何者かに両肩を叩かれた。

「ウワッ！！！」

たまらず遊が大声を上げると、

「ギャアアア！！！」

その数倍大きくて甲高い声が返ってきた。声の主はくるみだった。くるみが胸に手を当てて抗議する。

「おっ、驚かせないでよ。ちょっとびっくりさせようと思ったら、凄い声出すからこっちがびっくりしちゃった」

「ごっ、ごめん」

なぜか遊が謝るはめになった。くるみと大騒ぎしてしまったので、周りから不審げな視線が向けられている。「あっち、行こ」とくるみが遊の袖《そで》をひっぱり、柱の陰にまで移動する。

「焦ったあ。なんか注目集めちゃったね」

くるみが額を拭《ぬぐ》って笑顔になる。そこでくるみの格好が昨日と違うことに気づいた。今日は制服ではなくて私服だった。膝丈《ひざたけ》まであるロングパーカを着ている。こっちもよく似合う。

「花見さん、どうしてここにいるの？」

「ふふん、ＴＯＮあるところに花見くるみあり。覚えておいてね」

昨日も感じたが、ＴＯＮが心から好きみたいだ。

「それよりやっぱり成道君はただ者じゃないね。まあ昨日のトレーニングモードで腕はわかっていたつもりだけど、本番でもあれだけやるとは」

「そんなに凄いの？」

「うん。近忍であれだけの使い手はなかなかいないよ。おそるべし九条成道」

相手側にも刀を使うキャラクターがいたが、素人の遊でもその実力の差はわかった。

「ＴＯＮのルールってどういうものなの？」

今見ただけではよくわからなかった。

「あー、お腹空いたなあ。糖分を摂取しないと、私のＴＯＮ説明回路が作動しない。そしてこの近くに超絶おいしいケーキ店が存在する。果たしてその答えは？」

唐突にくるみがお腹を押さえたので、遊はくすりと笑った。

「わかったよ。ケーキをご馳走《ちそう》するから教えてよ」

「やった。じゃあケーキ食べながらＴＯＮ話に華を咲かせますか。行こ、行こ。私に付いてきな、若人《わこうど》よ」

くるみが歩き出し、遊は笑いながら付いていった。久しぶりに笑った気がする。

歩いて三分ほどすると、目的の店に到着した。裏路地にある、昔ながらの喫茶店という外観だ。確かこういう店を純喫茶というのだ。

扉を開けて中に入ると、派手なシャンデリアと赤いソファーが出迎えてくれる。席に座ると、くるみが身を乗り出して尋ねた。

「どうどう、いいでしょ。この店」

「うん。なんか昔ながらって感じだね」

「そしてこの店のおすすめポイントがこれなのである」

くるみが両人差指を下に向ける。ガラス製でちょっと珍しい形のテーブルだ。

「これのどこがおすすめなの？」

「まあ見てなさいって」

これ見よがしにくるみが百円玉を手にすると、脇にあるコインの投入口に入れた。ただのガラステーブルだと思っていたが、モニターに変化した。

「これってレトロゲームってやつかな？」

有名なユーチューバーがやっているのを見たことがある。昔のゲームはこんな感じでカタカタ動くものだと彼が言っていた。

レバーとボタンを操作しながらくるみが説明する。

「そうそうインベーダーゲームってやつ。私たちのおじいちゃんとかおばあちゃんの時代のゲームだよ。当時はゲームって家でやるもんじゃなくて、こんな風に喫茶店でやってたんだよ」

「こんな大きなゲーム機を家に置けないもんね」

「ギャアアアア！」

いつの間にかくるみが敵にやられていた。残機もすぐに失い、あっという間にゲームオーバーとなる。ＴＯＮだけでなく、ゲーム全般が下手みたいだ。

「……もう百円が」

くるみはうなだれているが、遊は興味を惹かれた。

「凄いね。今ので百円がなくなるんだ」

「そうだよね。今思うと高いよね。でもこのゲームが大流行していたときは、みんなテーブルの上に百円玉の山を作って熱中してたんだよ、何万円も使った人もいたみたい」

「そんなにみんな夢中になったんだ」

「なんせこのインベーダーゲームのおかげで、日本にゲームの文化が根付いたんだから。まさにこれは歴史遺産なのだ」

「貴重なものなんだね」

テーブルを指でなぞると、当時の熱のようなものが伝わってくる。遊が生まれる何十年も前にゲームに熱狂した人々の想いが、このゲーム機にこもっているみたいだ。

「ほれっ、おぬしもやってみるかね。私が百円を馳走してしんぜよう」

くるみが偉そうに百円玉を渡してきたので、遊が笑顔で応じる。

「ありがとう。ケーキ代の方が高いけどね」

「ぬっ、この策略を見破ったか。あっぱれ、褒めてつかわすぞ。おぬしの知力ならば科挙《かきょ》も合格できるのお。月日をも動かす進士になれる器じゃ」

ほんと変わった人だな、と遊は微笑んだ。

くるみに促《うなが》されてインベーダーゲームをプレイしてみると、思っていたよりも面白い。シンプルだけど奥深さがある。「それっ、いけっ」とくるみが応援してくれるので、より夢中になってしまった。

五分ほどやってゲームオーバーになり、二人で声を上げて残念がった。くるみが拍手する。

「でも遊君、上手だよ。びっくりしちゃった」

「ゲームってはじめてやったけど面白いんだね」

感慨深《かんがいぶか》げに言うと、くるみが改めて訊いてくる。

「前も言ってたけど本当にゲームやったことないんだね」

「……うん、そうなんだ」

禁止というわけではないのだが、遊は子供の頃から遊び全般に親しんでこなかった。誠司が身体を動かさず家にこもるゲームに嫌悪感を抱いていたからだ。

しかも親友である善も、サッカー一筋でゲームをやらなかった。だから遊も、これまでゲームをする機会がなかったのだ。

店員が注文を取りに来たので、二人でケーキセットを頼んだ。ゲームが終わるのを見計らってくれたのだ。ここではそんなお客さんも多いのだろう。

ケーキを待つ間に、くるみにTONのルールについて教えてもらう。

ルールは簡単だった。フィールド中央の塔にある『忍玉《にんぎょく》』と呼ばれる光る玉に触れるか、敵を全滅させれば1点。塔のあるお互いのチームがぶつかり合うフィールドは、『陣』と名付けられている。1試合3セットマッチで行われ、1つのセットは3点取れれば奪取できる。

大まかな説明が終わったタイミングで苺《いちご》のショートケーキと紅茶がきた。いただきます、とくるみが早速口にし、満ち足りたように言った。

「やっぱりここのケーキは絶品だ。余は満足じゃ。ここのパティシエは宮廷料理人クラスなり」

遊も食べてみたが、くるみが絶賛するだけの味だ。スポンジの食感と生クリームの甘さがたまらない。

「ほんとだね。おいしい」

「でしょ。でしょ。私のおすすめするものに間違いはないんだから」

「インベーダーゲームもTONもそうなんだね」

「そう」くるみが声を強める。「その中でもTONが一番なんですよ。お客さん」

「そうなんだ」

ここまで好きなものを断言できるくるみが羨《うらや》ましい。

「ところで遊君って部活何にするか決めたの？　やっぱりスポーツ系の部活？　うちの学校はスポーツ命だもんね。スポーツをしない者は人にあらずって感じだもん」

「……僕は身体が弱くてスポーツはできないんだ」

「えっ、そうなの。ごめんなさい」

ひどく慌てるくるみを見て、逆に遊の方が動転した。自分で思っていたよりも声が沈んでしまったみたいだ。

「そっ、そうだ。花見さん、昨日TONはゲームじゃなくてスポーツだって言ってたよね。あれってどういう意味なのかな?」

この暗い雰囲気をごまかすための質問だったが、くるみの言葉が昨日から気になっていたのも事実だ。

「そのままの意味だよ。もうゲームはeスポーツっていうスポーツなんだ」

「eスポーツ?」

「そうそう、エレクトロニック・スポーツの略だよ」

「ゲームがスポーツ? おかしくない?」

つい本音が出てしまい、くるみがむっと眉根を寄せる。

「おかしくないの。遊君、スポーツは何が好き?」

「サッカーかな……」

「サッカーだってゲームみたいなもんじゃん。ただ本当に体を動かしているか、ゲームのキャラが動いているかだけの違いだよ。今のサッカーゲームって超リアルなの知ってる?」

「うん。YouTubeで見たことある。凄いよね」

「うちの近所のおばあちゃんなんてそれを見て、本当のサッカーだと勘違いしちゃったんだよ。もう現実もゲームも変わりない時代なの。だからもはやゲームはスポーツ」

「……じゃあスポーツなのかもね」

とりあえずそう認めたが、言外に納得のいかなさが滲み出てしまい、くるみがすぐにそれを察知した。たたみかけるように声を強める。

「だって現にゲーム甲子園は文部科学省が正式に認めてるもん」

「そうなの？」

そういえばゲーム甲子園という言葉も気になっていた。

「そうだよ。野球部やサッカー部みたいに、熾烈な地区大会を勝ち抜き、全国大会の切符を手に入れた猛者《もさ》どもが、全国制覇という栄光を求めて火花を散らす。それがゲーム甲子園なのだ！」

興奮したくるみが、身振り手振りで説明する。それから前のめりになって顔を輝かせた。

「ねえ、じゃあゲーム部に入らない。私と一緒に青春しようではないか」

「えっ、ぼっ、僕がゲーム部に？」

予想外の提案に声の調子が変になる。

「そうだよ。昨日は成道君の付き添いだっていうから誘わなかったけど、遊君がゲーム部に来たのも何かの縁だと思うな」

「……でも僕、ゲームまったくやったことないよ」

「大丈夫だよ。私下手だけど教えることはできるからさ。遊君インベーダーゲームも上手だったし、TONも絶対できるよ。楽しいよ、ゲーム部。だって入りたい部も見つかってないんでしょ」

「まあ……」

サッカー部のマネージャーの件が脳裏をかすめたが、なぜかそれは口にできなかった。

「遊君の名前、『遊ぶ』って書くんだからゲーム部にぴったりじゃん。お父さんとお母さんが遊君にいっぱい遊んで欲しいと思って付けたんだよ」

「そうかなあ？」

名前を決めたのは父親の誠司らしいが、『遊』なんて誠司の志向とは真逆の字だ。だから誠司がどうしてそんな名前を付けたのかずっと疑問だった。円に訊いたこともあるのだが、「お父さんに直接聞きなさい」と笑って教えてくれなかった。当然誠司に聞く勇気はなく、結局わからず仕舞《じま》いで終わっている。

くるみが声に熱を込める。

「遊君、身体が弱くてスポーツができないって言ったでしょ？」

「うん」

「でもTONなら身体が弱くても関係ない。身体が丈夫な野球部やサッカー部の人みたいに、TONで全国を目指すことができるんだよ。さあ、一緒にゲーム部やろ。いざ、TO

Nの世界に」

くるみが満面の笑みを浮かべて手を差し出してきた。遊はなぜかなんの反応もできなかった。ただ、その手がやけに眩《まぶ》しく見えてならない。

するとその直後だ。

「どっ、どうしたの。遊君？」

急にくるみが狼狽《ろうばい》しはじめたのだ。

「どうって、なんで？」

「だっ、だって泣いてる。私、何かいけないこと言った？」

「えっ」

手の甲で頬を撫でると、確かに涙の感触がある。そう、なぜか自分は泣いていたのだ
……その涙の意味が自分でもよくわからない。

「ごっ、ごめん。なんでもないよ。偶然目にゴミが入っただけだから」

顔を逸らしてどうにかごまかす。

「そう、よかった」

ほっとしたくるみが、すぐに真剣な顔に戻った。

「……で、どうかな？　ゲーム部の件は？」

遊が小さく頷いた。

「初心者でTONはやったことがないけどそれでもよかったら」

サッカー部の方に入るべきだと頭では思ったが、なぜか了承してしまった。

「ほんと。やった。嬉しい！」

くるみが大喜びする。その場で踊り出しそうな勢いだ。そして一つ咳払いをすると、もう一度手を差し出した。

「七瀬遊隊員。我がゲーム部は君の入部を歓迎する」

「うん」

遊はすぐさまその手を握り返した。

3

月曜日の放課後、遊はゲーム部の部室棟に向かっていた。

歩きながらもあくびが出て仕方がない。今日が待ち遠しくて、昨日はなかなか眠りにつけなかったのだ。

ゲーム部の部室に入ると、くるみは仰々《ぎょうぎょう》しく口火を切る。

「では本日よりいよいよ我がゲーム部の活動を開始する」

「うん」

遊が首を縦に振ると、途端に胸が高鳴った。自分が思っている以上に、ゲーム部に入れたことが嬉しいみたいだ。

くるみが笑顔で手を叩いた。

「さあ、じゃあ今日は遊君入部祝いということでお菓子パーティーですかな。お菓子のお供のフルーツ牛乳は、おとといのケーキのお礼に私が奢《おご》るぜ。さあ購買部にダッシュだ」

「入部祝いは嬉しいけど、それよりTONを教えてくれないかな」

扉に駆け出そうとしたくるみが動きを止め、声を上げた。

「確かに。正しい。遊君、君は今正しい発言をした。私の部員を選ぶ目に狂いはなかった。なんせ私たちはゲーム部なんだからね。TONをやろう」

うんうんとくるみが頷いている。

まずはスマホにTONのアプリをダウンロードするように言われた。そういえば成道もこのアプリを入れていた。そしてゲーム甲子園には自分の顔を基にしたキャラクターでないと参加できないので顔写真を撮る。

アプリに遊のデータを登録し終えると、いよいよゲーム機の電源を入れる。

ゲーム画面で、キャラクターの顔と服も選んだ。服はとりあえず青色のジャージにする。

「なんでジャージなんだろ?」

くるみも成道も上着はジャージだった。

「部活といえばジャージ、甲子園といえばジャージなのだ」

ゲームだけど本当の部活の慣習に合わせているみたいだ。

「まあTONにはジャージ以外の服もたくさんあるんだけどね。ゲーム甲子園では和柄のジャージに忍者袴《ばかま》が決まりなのだ。これを『部装束《ぶしょうぞく》』と呼ぶ」

「部装束か。なんかかっこいいね」

「でしょ、でしょ。さらに部装束は背中に『部紋《ぶもん》』と呼ばれる紋を刻むのだ」

「へえ、そういやチラシのキャラクターの背中にもあったね」

「うん、そうなんだ。ゲーム甲子園は部員もキャラも揃いの部装束で参加するのが決まりなの。あれが着たくて着たくて。あーたまらん」

ぐびっとくるみが喉を鳴らした。

「ゲームだけど、学校の部活動のルールに則《のっと》ってるんだね」

「だからTONは文科省が認めているのだ。我々の部活動はお上公認なんだぜい」

キャラクターに自分の顔を使うこともその一環なのだろう。

「じゃあ星海学園ゲーム部の部装束があるってこと？」

「……まあね」

「それは今使えないの？」

「……いろいろ手続きがあってまだなのだ」

目を逸らして答えるくるみが気になったが、遊は追及を控えておいた。

次の選択画面に移る。ＴＯＮのキャラクターは大きく分けて三種類ある。

近忍、中忍、遠忍だ。

それは遊もすでに知っている。成道は刀を使う近忍だった。

「ＴＯＮは一応シューティングゲームっていうくくりなんだ」

「撃ち合いってこと？」

「うん。一昨日《おととい》やったインベーダーゲームはシューティングゲームの元祖なのは説明したでしょ。中忍は忍弾で、遠忍は銃を撃って戦うシューティングゲームに分類できるんだけど近忍だけは格闘技ゲームに近いんだよね」

「ああ、成道君は刀を使ってたもんね」

「そうそう。いろんなゲームの要素が詰まっているから、ＴＯＮは人気があるんだ」

そうくるみが鼻を高くする。

「遊君は、中忍か遠忍じゃないかな」

「なんで？」

「だって遊君、インベーダーゲームうまかったじゃん。はじめてでなかなかあんなにうまくできないよ。きっとシューティングゲームが得意なんだよ」

「そっか」

たとえゲームでも、得意だと言われて悪い気はしない。

「どっちにしよっか？」

「中忍って花見さんが使ってたやつだっけ」

「そうだよ。私は中忍使いなのだ」

「じゃあそれにする。忍弾ってやつがかっこよかったし」

「おー、じゃあおそろいだね」

くるみが嬉しそうに言い、遊は中忍を選択した。それから忍術の系統を選ぶのだが、数が多すぎてよくわからないので、とりあえず水遁《すいとん》にしておいた。透明な青色が綺麗だったからだ。

トレーニングモードで練習をする。コントローラーを動かしてみると、画面上で白い十字のカーソルが連動する。ジャイロセンサーが組み込まれているらしい。コントローラーを動かして慎重に静止した鳥に合わせると、十字の白いマークが赤くなる。

くるみが指示をする。

「赤くなったら照準が合ったってこと。射程圏内、撃てば当たる距離だよ。そしてZRボタンを押す」

「えっと、これか」

目で確認して右人差指でボタンを押すと、水の忍弾が発射されて鳥に命中する。

「当たった。当たったよ」

自分のはしゃぎ声に遊自身が驚いた。命中の瞬間、快感が体を貫いたのだ。

「上手、上手」

くるみが手を叩いて褒めてくれる。

「この照準を目標に合わせることをエイムっていうんだ。これをピタリと合わせられる力をエイム力と言います。これがTONの基礎中の基礎だ」

「エイム力か」

鳥に照準を合わせ、ボタンを押す。最初は合わせるのが難しかったが、何度かやるうちに慣れてきた。

「いいね。やっぱり遊君、才能あるよ」

「そうかなあ」

遊は照れ笑いを浮かべる。これほど人に褒められるのは久しぶりのことだ。

TONの基本は攻撃と防御だ。防御には『防膜《ぼうまく》』と呼ばれるバリアのようなものを使う。この防膜で身を守りながら攻撃をするのだ。

さらに重要なのが忍術だ。コマンド入力をすれば忍術が使用できる。このコマンド入力をTONでは『印《いん》を結ぶ』と呼ぶ。この忍術の攻防が、TONの醍醐味だそうだ。

「おー、一人入ったんだね」

突然男の声がして、遊とくるみが振り返った。入り口に眼鏡をかけた中年男性がいる。三日月のような細い目をした男で、くたびれたスーツを着ている。

「新免《しんめん》先生」

くるみが声を上げると、その新免と呼ばれた男が部屋に入ってきた。くるみにつられてソファーから立ち上がる。

遊よりも背が低く、くるみと同じぐらいの上背だ。この学校の教師だろうが見覚えがない。星海学園はマンモス校なので、生徒数と比例して教師の数も多い。

「やあ、君は一年生かな」

甲高いちょっと特徴的な声だ。

「はい。一年の七瀬遊です」

「はじめまして。一年担当の新免学《まなぶ》です。担当は社会科だよ」

まさに社会科の教師らしい容姿だ。どうして先生という職業は、担当科目ごとにそれらしい外見になってくるのだろうか？

新免が目を細めて訊いた。

「七瀬君は入部したの？」

「はい。今日からゲーム部の一員です」

頷く遊に新免が訂正する。

「ゲーム部じゃないよ。正式には『ゲーム同好会』だよ」

「ゲーム同好会？　どういうことですか？」

遊が訊き返すと、新免がくるみの方を見た。

「どういうことかな？　花見君？」

笑顔を崩していないが、その声がおっかない。くるみがもじもじと応じる。

「いやあ、そのお……まだ説明してなくて」

「花見さん、どういうこと？」

遊が首を傾げると、くるみが手を合わせて謝る。

「ごめん。遊君。実はゲーム部はまだ『部』じゃないの」

「えっ、どういうこと？」

「……すまぬ」

「でもほら」遊が部室に貼られていたチラシを指差した。「あそこには『ゲーム部はじめました』って書いてるよ」

「……目ん玉かっぴらいて、右下をご覧くだせえ。お代官様」

囁《ささや》くようにくるみが言い、遊がその部分を凝視した。成道と見たときは気づかなかったが、小さな字でこう書かれている。

『※現在は同好会ですが、部への昇格を目指しています』

「これって……」

わなわなと遊が漏らすと、新免が笑顔で付け足す。

「詐欺《さぎ》だね」

「詐欺じゃない。詐欺じゃない。これは我が花見家に代々伝わり、各国の官僚達の必修課目とされる、花見式戦略的文章術なのであります」

くるみがよよよと膝を崩した。遊が新免に尋ねる。

「でも先生、うちの学校に同好会なんてないんじゃないですか？」

「ないよ。暫定的に同好会という名称を使っているだけで、部になる条件を満たさなければここは解散する予定だ」

さらりと返す新免に、くるみが声を張り上げた。

「心配しないで遊君、ちゃんと部に昇格すればいいだけなんだから。花見くるみ号という豪華客船に乗ったつもりでご安心あれ。我が船はプール、カジノ、さらには社交界で噂の令嬢付きですぞ」

「別名・タイタニック号かもね」

新免がおかしそうに言い、遊が確認した。

「新免先生、同好会から部への昇格条件ってなんですか？」

「部員を五人集めることだね。五月末までに」

「五月末って、あと一ヵ月ぐらいしかないじゃないですか」

つい頓狂《とんきょう》な声を上げてしまう。

「大丈夫だよ、遊君。もう私と遊君で二人じゃない。あと三人集めればいいだけなんだから楽勝、楽勝」

新免が間髪容《い》れずに否定する。

「楽勝どころか、かなりの難題だと思うけどねえ。何せうちの文化系の部活ほど不人気なものはないからね。それに文化系でも将来有益なプログラミング部や英語部ならまだしも、それと真逆のゲーム部だからねえ」

くるみが異を唱えた。

「それは考えが古すぎます。TONはもう文科省も認めているんです。他の日本全国の学校では続々とゲーム部ができてるんですよ」

「他はそうでもここは星海学園だからね。国が違えば言語や文化も違うように、学校には学校独自の哲学やルールがある。君たち星海学園の生徒と僕ら教師は、そのルールに従って生活しなければならない」

「郷《ごう》に入《い》っては郷に従えですか……」

我知らずと声がざらついてしまう。スポーツ系の部活が優遇される星海学園の体質は、遊にとっては居心地の悪いものだ。

「まあまあ七瀬君、そう怒らないでよ。これが現実ってやつさ。君もゲーム部なんてさっさと辞めて、早く他の部活を探した方がいい。部活の参加は人間関係が出来上がる前が一番。『すべての悩みは対人関係の悩みである』とかのアドラー先生も言ってるからね。あとから入ると疎外感味わっちゃうよ」

「そんな心配はいりません」

遊がきっぱりと言った。

「あと三人探して、僕が部に昇格させます」

「遊君……」

涙目になったくるみに、遊がしっかり頷いた。

新免が称賛の声を上げた。

「なるほど。七瀬君、君は見た目よりも男だね。まるで三国志の関羽《かんう》雲長《うんちょう》じゃないか。見直したよ」

続けてくるみに顔を向ける。

「花見君、いい人材に来てもらったみたいだね」

「はい。七瀬遊隊員は、アドラーなど鼻で笑い、麻酔なしで手術をするほどの豪傑であります。我が部のエースであります」

「むっ、麻酔なしで手術をした関羽の逸話《いつわ》を知っているとは、花見君、なかなか成長したね」

「『花見くるみ、三日会わざれば刮目《かつもく》して見よ』ですぜ、先生」

くるみが肩を揺すっている。くるみのこの妙なノリは新免の影響かもしれない。

「まあ花見君の歴史への造詣の深さを確認したところでお暇《いとま》するよ。残り一ヵ月で三人。諸君達の健闘を祈る」

そう言い置いて、新免が立ち去っていった。遊がぼそりと言った。

「なんだか変わった先生だね」

星海学園の先生は杓子定規《しゃくしじょうぎ》な人が多いイメージだ。

「うん。でも新免先生はいい先生だよ」

くるみがスカートの埃を払って答える。

「そうなの？」

「ゲーム部を作ることを他の先生はずっと反対していたから。でも一年間新免先生が他の先生を説得してくれて、五月までに五人集めることを条件にゲーム部の設立を認めてもらえたんだ」

「ちょっと待って。じゃあ花見さん、ゲーム部作るのに一年前から交渉してたの？」

「そうだよ。高校からゲーム甲子園に出られるからね。高一からゲーム部を作ろうと思って、中三の今の時期から先生に頼んでたの。ゲーム部を作って、ゲーム甲子園に出るのは私の夢だから」

あっけらかんとくるみは言うが、遊は胸が熱くなった。

くるみは一年間もゲーム部を作るために奮闘していた。くるみのTONへの想いは、遊の想像以上に大きいものなのだ。それを聞いたらますます廃部にするわけにはいかない。

遊が決意を込めて言った。

「まずは明日から部員集めだね」

「うん」

くるみが嬉しそうに頷いた。

歩きながら部員集めの方法を考える。くるみの前ではああは言ったが、現実は新免の言う通りだろう。この学校の文化系の部員集めは、川で砂金《さきん》を探すよりも難しい。

「おーい、遊」

名前を呼ばれてびくりとすると、前方から制服姿の善がやってきた。善も部活が終わったみたいだ。

「あっ、善」

「ちょうどよかった。おまえにメールしようと思ってたとこだったんだよ」

「なんで？」

「おいおい、サッカー部のマネージャーの件だよ」

「あっ」

すっかり忘れていた。

「で、どうだ？」

慎重に善が尋ねてくる。その表情を見て、遊は胸が痛んだ。善は自分と一緒に部活をすることを楽しみにしている。その気持ちが伝わったからだ。

ただずっと隠してはおけない。遊は腹をくくって答えた。

「ごめん。もう他の部に決めたんだ」

「他の部？　どこだよ」

「……ゲーム部」

小声でそう返すと、善が眉根を寄せた。

「ゲーム部？　なんだよ。それ？」

「そのままだよ。ゲームをする部」

遊がコントローラーを持つ仕草をすると、善が呆れ混じりに言った。

「遊、おまえなあ、文化系でももうちょっとマシな部があるだろ。ゲームなんかただの遊びじゃねえか」

「いや、善は知らないんだよ。今のゲームはｅスポーツって呼ばれていて、もうスポーツなんだ」

「何言ってんだよ。そんなわけねえだろ」

「ほんとなんだって。ゲーム甲子園ってサッカーのインターハイみたいな全国大会もあるし、もうサッカーと同じ真剣勝負なんだよ」

むきになる遊に、善が怒声を上げた。

「おい、遊、おまえいい加減にしろよ。ゲームみたいな遊びとサッカーを一緒にすんなよ。俺は人生を懸《か》けてサッカーやってるんだぞ」

その剣幕に遊はひるんだ。善はプロを目指し、サッカー漬けの日々を送っているのだ。そんな人間がサッカーとゲームは同じだと言われたら、侮辱されたととるだろう。

「……ごめん」

もやもやしたものはあったが、遊は謝ってしまった。その謝罪の言葉を口にした途端、ゲーム部への情熱までも萎《しぼ》んでしまった気がする。

気持ちを入れ替えるように、善が鼻から息を吐いた。

「だいたいゲーム部なんて、うちにあったか？」

「ゲーム部はまだ正式には部じゃなくて、同好会なんだ」

「同好会？　どういうことだ。そんなのうちの学校にねえだろ」

「まあ仮の名称だよ。五月末までに五人集めたら部になるんだけど、なれなかったら解散なんだって。今二人だからあと三人」

「あと一ヵ月で三人なんて絶対に無理だろ。うちの学校で」

その善の断言っぷりに、遊の不安は膨らんだ。

「まあいいや。じゃあ五月末にゲーム部がなくなったらマネージャーになってくれよ。監督にそう話しとくからさあ」

ゲーム部消滅が決定事項のような口ぶりだ。

「……うん」

新免の言葉が頭にちらつく。確かに五月末の人間関係が固まった時期に、誰も知り合いのいない部に入りたくはない。

「あっ、そうだ。遊、おまえあれから九条成道に会ったか？」

唐突に話題が変わったのと成道の名が出たので、遊はぎくりとした。

「いや、会ってないけど」

咄嗟《とっさ》に嘘をついてしまう。成道に、善には自分のことを話すなと命じられていた。

「九条成道がどうかしたの？」

「いや、あれから九条の話をいろいろ聞くんだけどよお。あいつろくなもんじゃねえな」

善の口ぶりがずいぶん刺々《とげとげ》しい。

「ろくなもんって、九条君がどうかしたの？」

「狛犬町《こまいぬ》知ってるだろ」

「もちろん」

この界隈では有名な夜の繁華街だ。いかがわしい店も多く、遊たちは絶対に立ち入らないようにと昔から注意されている。

「九条を狛犬町で見かけたやつがいたんだよ」

「たまたまじゃないの」

「いや、それが結構いろんなところで目撃情報が出てるんだよ。しかも夜に」

「ほんとに……？」

「ああ、スポーツ推薦のくせにサッカー部入らなかったり、狛犬町に出入りしてたりとあいつヤバいぜ。遊もくれぐれも気をつけろよ」

「わっ、わかった」

まさか成道がそんな人間だとは知らなかった。善の言う通り、成道とは関わり合いにならない方がいいみたいだ。

4

遊が入部して二週間が経った。

遊とくるみは部室にいた。どちらも浮かない表情でいる。

「どう？　花見さん？」

「ダメ、誰も入ってくれない。片っ端から誘ってみてるんだけど」

元気なく首を振るくるみを見て、遊はため息をこぼした。

あれから二週間ゲーム部の勧誘を続けているが、結果はさんたんたる有様だ。

壁に貼られたカレンダーを見ると、もう五月半ばになっている。つまりあと二週間ほどで残り三人を集めないと、ゲーム部は消えてなくなる。

いつもは明るいくるみも、さすがに覇気がない。二週間学園中を歩いてチラシを撒《ま》いていた疲れが出てきているのだ。遊もずっと歩き回っているので、一晩寝ても足の張りがとれない。

「……花見さん、今日は勧誘を休もうか。また明日から頑張ろうよ」

「そうだね」

くるみが力なく頷いた。

いつも通り学校の帰りに病院に寄る。病室では円が本を読んでいた。顔色がいいので体調は良さそうだ。そろそろ退院できるかもしれない。

「どうしたの？　なんだか疲れてるみたいだけど」

さすがに目ざとい。遊の異変はすぐに気づかれる。

「うん、ちょっとね」

「さては部活ストレスだな。結局どこの部活にしたの？」

遊は言葉に詰まった。まだゲーム部のことは円には告げていない。円はゲーム嫌いというわけではないが、父親の誠司のこともあるので言いにくかった。遊の表情を読むように、円が目を細めた。

「サッカー部……ではないな」

「なんでわかったの？」

「そりゃ母親だから。で、どこにしたの？」

嘘をついても円には見透《みす》かされる。一瞬躊躇《ちゅうちょ》したが、遊はあきらめて鞄に手を伸ばした。そこから取り出したクリアファイルを円に渡す。

「『ゲーム部はじめました』……ってあなたゲーム部に入ったの？」

「……うん」

「ゲームってこれ？」

円がコントローラーを操作する手つきをする。うんと気まずそうに頷くと、円が声を弾ませた。

「いいじゃない。すっごい楽しそう」

「えっ、お母さん反対じゃないの？」

「どうしてよ。賛成、賛成、大賛成。サッカー部でマネージャーやるよりは全然いいじゃない」

「なんで？」

「どうせあなたのことだから善君やお父さんに気づかってそう言ってたんでしょ。あっ、それとお母さんにもか」

否定したかったが言葉が出てこない。

「まあ他にやりたいことがないのならマネージャーもいいかなあってお母さん思ってたんだけど、遊が自分の意思でゲーム部を選んだのならお母さんは大賛成」

親指を立てる円を見て、遊は気が楽になった。

「でもどうしてゲーム部だったの？　あなたゲームはやったことないじゃない」

「いや、ちょっと誘われて……」

そう口を濁すと、円がぴんときたような顔をする。

「ははあ、さては可愛い女子に誘われたな。そのゲーム部の子は遊好みの女の子だ」

「違うよ、そんなことないよ」

頬が一瞬で熱くなる。その遊の様子を見て、円がふき出した。

「まあまあ、隠しなさんな。いいね。青春ってやつだ。懐かしいなあ」

うんうんと円が一人悦に入っている。そこで遊はおずおずと頼んだ。

「あっ……お父さんにはこのこと」

「わかってるって、内緒にしといて欲しいんでしょ」

「うん。ありがとう」

ふうと安堵《あんど》の息を吐いた。もし誠司にバレたらと思うと、全身が縮み上がる気分だ。

円に喜んでもらえたことで足取りも軽く病院から出ようとすると、ふと視界の隅で何かを捉えた。

九条成道だ。若い男がフロアを横切っていく。その横顔を見て、遊は息を呑み込んだ。

黒いマスクをして黒いパーカを着た成道が目に留まった。なぜ病院なんかにいるんだと疑問に思っているうちに、成道は足早に外に出ていってしまう。

どうしようかと一瞬迷ったが、遊は我知らずとその後ろを追いかけた。

成道は駅の方に向かっていた。日が落ちて暗くなっているので、成道が遊に気づく気配はない。

成道は謎が多すぎる。なぜあれほどのサッカーの実力がありながら、サッカー部に入らないのだ？　なぜ休日に街中でＴＯＮをやっているのだ？　それに狛犬町をうろついているという怪しい噂は？　その答えを知りたいんだと無理矢理自分を納得させる。

病院前の最寄り駅から五駅目の駅で降りると、色とりどりのネオンが遊の目に飛び込んでくる。

仕事終わりのサラリーマンに、居酒屋の店員が声をかけている。すでに酒に酔った人たちが大声で笑い合っていた。夜が更けるにつれ、この街は喧騒が増していく。

狛犬町だ。善の話は本当だったんだ、と遊は慄然《りつぜん》とした。

人混みを縫うように成道が歩いていくので、遊も慌てて追っていく。

入っていったのはすぐ近くのビルだった。看板を見ると、何軒ものキャバクラやスナックが入居している。

成道がそのビルの非常階段を上がっていく。カンカンという規則的な音が、ここは場慣れしている場所だと教えてくれる。

四階で消えたのを確認してから、遊は手のひらの汗をズボンで拭った。一体成道はこんなところで何をしているのだ？　良からぬ輩《やから》とつるんでいるんだろうか？　自分が踏み入ってはいけない場所にいることに気づき、遊は足がすくんだ。ただ恐怖心よりも成道の動向が気になる。遊は慎重に階段を一段ずつ上がった。

四階にたどり着くと、非常扉が開いていた。こっそり中を覗き込むと、薄暗い廊下が見える。その奥で成道が誰かと話をしていた。

暗がりなのでよく見えないが、明らかに女性だ。派手なドレスを着ているので、夜の仕事をしている女性だろう。それぐらいは遊にもわかる。

あっと遊が声を呑み込んだ。成道が鞄から瓶《びん》のようなものを取り出し、彼女に渡したのだ。彼女はそれを受け取ると、代わりにお札を渡し、成道は丁寧に財布にしまった。

遊は頭がくらくらした。星海学園の生徒が、いかがわしいお店の女性と取り引きしている。クスリ、援助交際という単語が、頭の中で乱反射している。こんなことが学校にバレたら退学ではないか。

噂《うわさ》は本当だった。遊は扉を閉めて、階段を急いで降りた。成道とは関わり合いにならない。善の助言を胸に刻み込み、逃げるように駅へと向かった。

5

「さあ、今日も部員勧誘に行こうか」

そうくるみが伸びをしたが、どこか気だるそうだ。

くるみを元気づけたい。何か自分にできることはないかと思った矢先に、遊の目にあるものが飛び込んだ。

それは部屋の片隅に置かれたピアノだ。ここは以前音楽室だったそうで、ピアノもそのまま残っていた。遊がピアノ椅子に座ると、くるみが目をぱちくりさせる。

「遊君、どうしたの？」

「気分転換に何か弾いてみようと思って」

くるみが甲高い声を上げる。

「えっ、遊君ピアノできるの？」

「うん。子供の頃からやってるから」

「凄い。ピアノ男子なんてかっこいい。もうどこまで素敵なんだ君は」

あまりにくるみが絶賛するので、遊は顔がまっ赤になった。こんな状態でピアノが弾けるだろうか？

動悸を抑えて蓋《ふた》を開ける。鍵盤をいくつか押してみると、音はちゃんと出た。早速ワンフレーズだけ弾いてみると、くるみが歓喜の声を上げる。

「TONの曲だ」

「うん。この曲いいよね」

ゲームの練習中に何度も聞いているので覚えてしまった。くるみが一番喜んでくれる曲はこれだろうと思ったのだ。軽快にピアノをかき鳴らすと、くるみがリズムに乗り、遊もさらに熱が入る。最後に力を込めて弾き終えると、くるみが拍手した。

「最高！　ブラボー、名演だ」

「ありがとう」

くるみの満足ぶりに、遊は眉を開いた。少しは元気を取り戻してくれたみたいだ。

そのときだ。

「あの……」

その声に反応すると、教室の入り口に男子生徒が立っていた。ずいぶんと大きい。百九十センチはあるだろうか。縦だけじゃなく、横にも大きい。太っているというよりはただ単にでかいのだ。でも目が草食動物のようにつぶらなので、どこか可愛らしさもある。

くるみが応じる。

「どうされましたか？」

「いや、今歩いていたらTONの曲が聞こえたんで」

「えっ、TONを知ってるの？」

「はい。好きでよくやってます。中忍使いです」

TON経験者だ、と遊は色めき立った。くるみがばっとチラシを摑《つか》み、一目散に駆け寄った。狙った獲物は逃さない。そんな動きだった。その勢いのまま勧誘を開始する。

「ここゲーム部なんだ。よかったら入らない。来たれ、若人。一緒にゲーム甲子園を目指そうぜ」

急な誘いに彼が目を白黒させたが、すぐに頬をゆるめて頷いた。

「ゲーム部かあ。入りたい部活がなかなかなかったんだ。ぜひお願いします。僕は一年の音杉伊織《おとすぎいおり》です」

「やった、やった。音杉君よろしくね。私は花見くるみで、こっちは七瀬遊君。二人とも一年だよ」

大喜びでくるみが遊を紹介し、「音杉君、よろしく」と遊も慌てて調子を合わせる。まさかくるみを励ますためのピアノで、念願の新入部員があらわれるとは思いもよらなかった。

「花見くるみ、いい名前ですな」

いきなり女性の声がする。

伊織の背後から、顔からはみ出しそうなほど大きな眼鏡をかけた女性があらわれた。はっとするほど艶《つや》やかな黒髪で、腰ぐらいまで長さがある。伊織の後ろに隠れていて見えなかったのだ。

「私は一年の冬野由良《ふゆのゆら》です。話は聞かせてもらっておりました。ゲーム部に入ります。TON経験者で遠忍であります」

「なんと念願の女子部員でしかも遠忍。盆と正月が同時にやってきました」

くるみが躍り上がって喜んだ。

あれだけ部員集めに苦戦していたのに、一挙に二人も入部してくれた。遊は弾けるようにピアノの方を見た。もしかすると魔法のピアノだったのかもしれない。ちょっと怖くなってきた……。

「よろしくね。伊織君に由良りん」

改めてくるみがそう言うと、由良が目を瞬かせた。

「えっ、くるみ氏。もしかして由良りんって私のことでありますか？」

くるみが笑顔で頷く。

「うん。由良りん。『りん』を付けたら可愛いでしょ。これぞ花見式『なんでもりんを付ければ可愛くなっちゃう理論』だ」

「……即刻学会に発表するべきですな。くるみん」

「くるみん！　りんの進化系ではないですか。神速の応用速度！」

くるみと由良がお互い微笑んでいる。二人は気が合うみたいだが、見方を変えれば由良も一風変わった性格ということになる。

「よかったじゃないか。部員が二人も入って」

さらに声が降り落ちてきたので、全員が飛び上がる。

「えっ、幻聴？」

くるみが手に耳を当てると、笑い声がした。

「違う、違う。上だよ。上」

遊が顔を上げると、扉の上の窓から眼鏡の中年男性が笑顔を覗かせていた。新免だ。遊が呆れて尋ねる。

「……何してるんですか、新免先生」

「みんなにびっくりしてもらおうと思ってね。気づいてくれるかなと思ったら全然気づいてくれないんだもん。ずっと背伸びしっぱなしで足がぷるぷるしてるよ」

さっきから会話を聞いていた様子だ。

「やれやれ、人を驚かせるのは楽じゃないね」

窓から離れ、腰をとんとんと叩きながら部室に入ってくると、伊織と由良に向きなおる。

「音杉君、冬野君、ゲーム同好会へようこそ」

伊織が引っかかる。

「ゲーム同好会？　ゲーム部じゃないんですか？」

ぎくりとするくるみを無視して、新免が説明する。

「正式にはまだ部じゃないよ。ゲーム部となるには五月末までに部員が五人必要なんだ。つまりここにいる四人にもう一人加えなければならない」

伊織が驚きの声を上げる。

「えっ、五月末ってあと二週間もないじゃないですか」

「そうそう、そうなんだよ」

新免が、なぜか楽しそうに手を叩いた。

「あと一人集めないとゲーム同好会は部になれずにそのまま消滅するから、二人はまた新たに部を探さなければならないんだ。大変だよぉ」

由良と伊織が顔を見合わせた。どうしようかと目で語り合っているのが一目瞭然だ。

すかさずくるみが割り込んだ。

「あと一人、たった一人だけだから心配なし。ノープロブレム。無問題《モウマンタイ》。みんなで頑張ればどうにかなるなる」

「さあ、それはどうかなあ」

にこにこと新免が言い、遊の胸のうちは嫌な予感で渦巻《うずま》いた。

6

衝撃の新入部員二人同時加入から一週間が経った。

遊はピアノを弾き、くるみが双眼鏡で外を眺めている。曲はまたTONのゲームミュージックだ。

曲を弾き終えると、遊は顔を上げた。

「どう、花見さん」

くるみが双眼鏡で辺りを見回すが、残念そうに首を振る。

「……ダメです、警部。ホシは姿を見せません」

また曲に誘われて入部希望者が来ないかと期待したのだが、さすがにピアノの魔法力は尽きたみたいだ。伊織と由良も戻ってきたので、くるみが尋ねる。

「どう、チラシ配りの成果は？」

無言のまま、伊織が手に持ったチラシの束《たば》を見せる。ほとんど減っていない。もうこの時期になると、チラシさえも受け取ってもらえないのだ。

由良が冴えない面持ちで言う。

「……本日は己を曲げて憎《に》っくき男子にもチラシを渡そうとしたのですが」

くるみが感激で声を震わせる。

「おおっ、由良りん。まさかそこまでのお覚悟で」

由良は大の男嫌いだ。男は諸悪の根源で、彼らを駆逐すれば世界平和が訪れるという自説を唱えている。本来ならばゲーム部は全員女子が良かったそうで、おとといは遊と伊織に性転換して女子になれと迫ってきた。

由良が恭《うやうや》しく応じる。

「殿下のためとあらば」

「余は、余はなんたる忠臣を持ったのか。由良りん、おぬしに星海の大石内蔵之介《くらのすけ》の異名を与えよう」

「ありがたき幸せ」

くるみと由良は歴史好きなので、毎回こんなやりとりをする。

遊はカレンダーの方を見た。期限の五月三十一日まであと一週間だ。それまでに五人集めなければここは潰《つぶ》れる……遊は暗澹たる気持ちになった。

帰宅途中、肩を落として電車を待っていると、遊は目を見張った。視線の先に、九条成道がいる。遊の脳裏にあの光景が甦《よみがえ》ってくる。狛犬町で成道が、女性にお金をもらっていた光景だ。

成道とは関わってはいけない。善の言う通り、彼は危険な人物だ。そう頭では思うのだが、どうしても成道のことが気になる。気がついたら体が動いていた。

案の定、成道は狛犬町の駅で降り、あのビルに入っていった。非常階段を使い、四階の扉から中に入る。この前とまったく同じだ。またあの女性に薬らしきものを渡しているのだろうか？

遊も非常階段で四階に上がり、扉のノブに手をかけた状態で頭を悩ませた。どうする？

成道は友達ではないが、同じ学校の生徒なのだ。同級生が良からぬことをしているのならば、遊はそれを止めたい。ただそんなことをして無事でいられるだろうか。

そう迷っていると、

「あなた誰？」

上の方から幼い声が降ってきた。跳ねるように顔を上げると、四階と五階の階段の踊り場から遊をじっと見下ろしている。

それは女の子だった。

ふっくらした愛嬌《あいきょう》のある顔立ちで、まつ毛が長い。薄紫色のランドセルを背負っている。座っているので背丈はわからないが、小学校三年生ぐらいだ。

遊は反応できなかった。人に声をかけられて驚いた上に、こんな夜の街に小学生の女の子がいたからだ。

「怪しい人がいたらブザーを鳴らせって言われているんですけどぉ」

子供が防犯ブザーの紐《ひも》に手をかけたので、遊はあたふたと弁明する。

「ちょっ、ちょっと待って。怪しくない。全然怪しくない」

「ほんと？」

「ほんと、ほんと。どこにでもいる普通の高校生」

彼女が何かに気づいた。

「あっ、星海学園の人なの？」

「よくわかるね」

「制服見たらわかるし。星海の女子の制服って超可愛いんだよね。私、中学になったら星海に入りたいんだあ」

星海学園の制服は、有名なファッションデザイナーがデザインしている。制服を目当てに入学する生徒も多い。

「君は名前はなんていうの？」

「私は、九条環奈《かんな》。環奈ちゃんって呼んでね」

「九条ってもしかして……」

遊がそう口をパクパクさせると、

「環奈、何してるんだ」

扉が開き、成道があらわれた。

「あっ、おまえ。なんでここに」

二人で顔を見合わせていると、環奈が不思議そうに訊いた。

「お兄ちゃん、知り合いなの？」

「やっぱり、兄妹なの」

遊は二人を交互に指差した。

とりあえず詳しい話はあとだ、と成道が不機嫌にそう言い、屋上に連れていかれた。

コンクリートの床で一面が白い柵で囲まれている。周りはネオンの看板だらけなので、夜なのにまぶしいくらいだ。

隅には室外機が何台も置かれ、その中央に小さな小屋があった。

遊がきょろきょろと尋ねる。

「ここは？」

「俺の家だ」

「家？　ここが？」

大きめの物置か倉庫にしか見えない。ちっと成道が舌打ちし、扉を開けた。

「さあ入って、入って」

後ろからついてきていた環奈が遊の背中を押したので、そのまま中へと入る。

中は外見よりもかなり広くて奥行きがある。テレビや冷蔵庫などの家電もあるし、キッチンもちゃんとある。ごちゃごちゃとしていて生活感はあるが、外観の殺風景な印象とはかなり違う。

遊が興味深そうに眺めているのを、成道が見咎める。

「悪かったな。片付いてなくて」

「いや、別に、そんな……」

「続き、続き」

うろたえる遊の側《そば》を環奈が通り過ぎ、いそいそとテレビの前に座る。コントローラーのボタンを押すと、画面が切り替わった。

「あっ、TON」

そこにはTONのスタート画面が映っていた。環奈が嬉々として尋ねる。

「えっ、遊もTONやるの？」

「うん。最近はじめたばっかりでまだトレーニングモードしかやってないけど」

くるみにTONの操作方法を教えてもらった翌日、ゲーム機とTONのソフトをお年玉の貯金で購入した。部員探しで部活中にTONをやる時間がないので、家で毎日エイムを合わせる練習だけはしている。

「トレーニングモードだけ？　さっさと試合やったらいいじゃない」

「なんか怖くて。それにトレーニングモードだけでも楽しいよ」

「えっ、意味わかんない。あんなの鳥を撃つだけじゃん。一体何が楽しいの？」

環奈が不可解そうに言う。ピアノの練習もそうだが、遊はそういう地道な作業が苦にならない。それにゲームをやったことがない遊にとっては、ボタンを押して撃つだけでも十分に面白い。

「おまえもしかしてゲーム部に入ったのか？」

辛抱できなかったのか成道が口を挟み、遊が頷く。

「そうなんだ。面白そうだと思って」

「だからあそこにいやがったのか」

あそことは駅ビルのゲームフロアのことだろう。やっぱり成道も遊の存在を把握していたのだ。環奈が目を輝かせて尋ねてくる。

「遊は何使い？　何使い？」

「中忍だよ」

「一緒、一緒、やっぱりTONは中忍だよねぇ。忍術もガンガン使えていろんな戦い方できるし、万能だよ。近忍、遠忍より断然中忍だよね」

成道がしかめっ面になる。

「中忍のどこがいいんだ。TONは近忍が一番だ」

「でた。オレ様成道。近忍使いってなんでみんなお兄ちゃんみたいなんだろ」

呆れて環奈が手を上げたので、遊は思わず笑ってしまった。

「二人は仲良しなんだね」

不快そうに顔を歪《ゆが》めると、成道が顎で促した。

「七瀬、外に出ろ。今日のことを説明してもらう」

「……うっ、うん。わかったよ」

そのことをすっかり忘れていた。

成道が冷蔵庫から紙パックのミルクティーを二つ取り出し、一つを遊に手渡した。一緒に外に出ると、成道が扉の横にあった梯子《はしご》を登りはじめた。

「えっ、上がるの？」

「いいから来い。梯子ぐらいは登れるだろ」

成道がかまわず先にいくので、遊もおそるおそる登った。

小屋の屋上に到着すると、ネオン看板との距離が近づき、より煌々《こうこう》としている。屋根の隙間《すきま》から雑草が何本か生えていた。

成道は紙パックの封を開けて口につけた。

「おまえも呑めよ」

「ありがとう」

遊の好きなミルクティーだ。手早くパックを開けて一口呑むと、口の中に甘みが広がる。舌になじんだこの甘さが、遊を少し落ちつかせた。

成道は柵にもたれてミルクティーを呑んでいる。ピンクのネオンに照らされた成道は、何か別世界の人間みたいだ。

「ねえ、どうしてここに住んでるの？」

遊が尋ねると、成道がうっとうしそうに答える。

「安いからに決まってるだろ。このビルのオーナーが代替わりして、もうここは使ってねえからな。だから俺らに安く貸してくれてんだよ」

「もしかして成道君って、ヒモってやつなの？」

「あ？　なんで俺がヒモなんだよ」

目を剝く成道に、遊は怯えながら言った。

「この前女の人にお金もらってたの見ちゃったんだ。だから気になって今日も来たんだ」

憮然《ぶぜん》と成道が答える。

「あれはおふくろだ」

「おふくろ……」

予想外の答えだ。何せ世間一般の母親は、あんな派手なドレスを着ていない。しかも彼女はとても若く見えた。

「おふくろはあの店で働いてんだよ」

「じゃああの渡していた瓶は？　白い錠剤みたいな物が入ってたけど」

「ラムネだ。ラムネ」

「大人がラムネを食べるの？」

「ラムネは主成分のほとんどがブドウ糖だからな。食べときゃ二日酔いにならねえから夜の人間の必需品なんだよ。しかも薬に比べたら安いしな」

知らない話ばかりだ。いかに自分が狭い世界で生きてきたのかを実感してしまう。

「……成道君、なんで病院にいたの？」

「何！　おまえ病院にいるところも見たのか」

「うん。うちのお母さんがあそこに入院しているから。病院で成道君を見て気になって後を追ったんだ」

「いいか、病院のことは他に言うな。特に冴島善とサッカー部の連中には絶対にだ！」

成道の厳命を、遊はきっぱりと断る。

「それはできないよ」

「なんだと！」

「僕は善と親友なんだ。善に隠しておくにしても、成道君の事情を知らないと黙ってられないよ。僕も成道君の行動が気になるし、善やサッカー部のみんなも成道君のことをかなり気にしてるみたいだよ」

「……冴島がそう言ってたのか？　なんて言ってた？」

「……それは」

「どうせロクな噂じゃねえだろ。キレねえから言えよ」

「スポーツ推薦で入ったのにサッカー部に入らないのは無茶苦茶だとか」

「他には？」

「……狛犬町に出入りしてヤバいやつだとか」

「くそったれが」成道が吐き捨てる。「おまえら星海の連中にとっちゃ、こんな街、ゴミだめみたいなもんだろ」

成道がネオン看板を指し示す。そこには『一時間3000円ポッキリ』と書かれていた。

遊は黙り込んでしまった。狛犬町には絶対立ち入ってはいけない。遊を含めた星海学園の人間は、子供の頃からそう教わっていた。

「入ってみてわかったが、星海の連中こそクズだ。まるで自分たちを貴族のように思ってやがる。幼稚部からのやつは特にいけ好かねえ。七瀬、どうせおまえもそうだろ」

遊は反論できない。成道の言う通り、幼稚部から星海にいる人間ほどエリート意識が高いのも事実だ。成道にとっては自分が住んでいる街なのだ。そこを悪く言われて気分がいいわけがない。

「……じゃあなんで成道君は星海に入ったの？」

「そんなもん決まってるだろ。スポーツ推薦なら学費はタダだ。それに星海のサッカー部ならば、一番手っとり早くプロになれる。いけ好かねえ学校だが、サッカーでは名門中の名門だからな」

成道も善と同じ夢を持っているのだ。

「なんだ。やっぱり成道君もサッカー好きなんだね」

「好きじゃねえよ」

「じゃあどうしてサッカーやってるの？」

「金のために決まってるだろ」

「お金？　そんなことのためにサッカーやってるの？」

非難を含んだ声を上げる遊に、成道が息巻いた。

「だから星海のやつはむかつくんだ。親が金を持ってるだけでまるで自分たちまで偉いと思ってやがる。金目当てでサッカーやって何が悪いんだ！」

「ごっ、ごめん」

遊はすぐに謝った。今のは確かに失言だった。

自身を落ちつかせるように、成道は太い息を吐いた。

「うちには父親はいねえ。おふくろが環奈を産んですぐに離婚した。それからおふくろは夜に働きながら、俺と環奈を育ててくれている。まあ正直おふくろは器量がいいからな、それなりには稼げてる」

「なら大丈夫じゃない」

「何言ってやがる。こんな商売あと何年続けられると思ってるんだ。夜の女ってのはな、歳をとったら客が離れていく。おふくろはまだ若いが、歳を取らねえ人間はいねえ。だから生活を切り詰めて将来のために貯蓄しとかなきゃならねえ。環奈の今後の学費もあるんだからな」

妹の学費のことまで考えているのか、と遊は胸が詰まった。

「将来大きく稼ぐなら、プロのサッカー選手になるしかねえ。俺は勉強はできねえが、幸いサッカーだけは人並み以上にできるからな」

「ちょっと待って。じゃあなんで成道君はサッカー部に入らないの？　プロサッカー選手になりたいんでしょ」

成道は黙り込み、遊をじっと見つめた。その目には葛藤の色が浮かんでいる。遊は唇を閉ざし、その視線を正面から受け止めた。

成道が声を絞り出した。

「……七瀬、約束しろ。俺はすべての事情を話す。だから冴島やサッカー部の連中、いや誰にもこのことを喋らないってな」

「わかった。約束する。誰にも話さない」

遊がしっかり頷くと、成道が肩の力を抜いた。

「俺にはサッカー部に入れない理由がある」

「……なんなの？」

悔しそうに成道が目を落とした。その視線の先は膝だった。そこで遊は慄然とした。頭に浮かんだその理由を口に出す。

「もしかして成道君、膝が悪いの……？」

「そうだ」

あの病院は総合病院で整形外科がある。しかもスポーツの分野では有名だ。

成道が忌々《いまいま》しそうに膝に触れる。

「元々膝が丈夫じゃないとはわかっていたが、中三の前半にしこたま痛めちまった。医者によれば、俺の膝はかなり脆《もろ》いらしい」

プロのサッカー選手になれる条件には、テクニックだけでなく体が頑健であることも重要だ。どれだけ才能があっても、怪我がちの選手は戦力になれない。

「俺はどうしてもプロにならなきゃならない理由がある。だからそれを隠して、騙し騙しやっていたんだが、とうとう膝が悲鳴を上げやがった」

「それはいつのこと？」

「今年の三月だ。医者からもサッカーは辞めろときつく言われた。これ以上膝を酷使するといずれ歩けなくなるってな……それを聞いてさすがに俺もあきらめた。今はいけたとしても、こんな膝でプロでやっていけるとは到底思えない」

膝を完治させるために、高校生の間だけサッカーを止めてみたら。そう助言しかけたが、すぐに引っ込めた。膝自体は治っても、その脆さは克服できない。それに高校で活躍できなければ、とてもプロになれるわけがない。

「俺は全部話した。だから七瀬、絶対に誰にもこのことは言うな」

「そういう事情なら誰にも話さない」

「ならいい……」

そこで成道がミルクティーに口をつけた。

遊は複雑な気持ちになった。成道のような人間からすれば、遊のような世間知らずは甘ちゃんなのだろう。まるでこのミルクティーみたいに……。

ただふと別の疑問が浮かんだ。

「そうだ。サッカー部入らないのはわかったけど、じゃあなんでゲーム部に入ろうとしてたの？」

「おまえ、もうゲーム部に入ったんならeスポーツって言葉は知ってるよな」

「うん。もうゲームはスポーツみたいになってるんだよね」

「じゃあゲームにプロがいることは」

「えっ、プロ？　どういう意味？」

「そのまんまの意味だよ。プロサッカー選手みたいに、ゲームにもプロがいるんだよ。プロゲーマーっていうんだけどな」

「へえ、そうなんだ。ほんとにゲームはスポーツみたいだね」

「おまえプロゲーマーをなめてるだろ。ただプロってついてるぐらいに思ってるだろ?」

「……そうじゃないの?」

心外そうに成道が答える。

「バカ、今やプロゲーマーは職業として成立してるんだよ。トッププレイヤーになると、年収億を超えてる」

「嘘だあ。だってゲームだよ」

成道が躍起となって語気を強める。

「嘘じゃねえ。だいたいサッカーも広い目で見たらゲームだろうが。プロスポーツってのは全部そうだ」

そういえばくるみも同じことを言っていた。

「まあ今はサッカーに比べると、ゲームの規模はまだまだ小さいけどな。ただこれからeスポーツが世間に認知されていけば、市場規模はどんどん大きくなる。ゆくゆくはサッカーのスタープレイヤーぐらい稼げるようになる。俺はそう考えている」

「……もしかして成道君はプロゲーマーを目指しているの?」

「そうだ」

成道が拳《こぶし》を握りしめた。

「俺の特技はサッカーともう一つ、ゲームだ。ゲームはガキの頃から強くて、誰にも負けなかった。特に格ゲーはな」

「あっ、だからTONで近忍使いなのか」

「そうだ。近忍は格ゲーの要素が強いからな。相性がいいんだよ。TONは世界一人気のあるタイトルで、プロゲーマーの年収ランキング上位も、ほぼTONプレイヤーで独占されている。もう俺はサッカーはできない。残された道はプロゲーマーしかない。俺はTONで頂点を目指すしか道はねえんだ！」

躍動するような声で、成道が言い切った。その壮大な夢を聞いて、遊は胸が熱くなった。ゲームは、TONは遊びではないのだ。

「ただゲーム部ができたって噂を聞いて行ってみたが、ふたを開ければおかしな女が一人やってるだけだったからな」

おかしな女とはくるみのことだ。

「ねえ成道君、そんなこと言わないでゲーム部に入ってくれない？　あと一人入ってくれればゲーム部になれるんだ」

成道は危険な人物ではないと判明したのだ。ゲーム部に勧誘してもなんら問題はない。

「部になる？　どういう意味だ」

遊がゲーム部の現状を教えると、成道は苦い顔をした。

「あのクソ女、部員がいねえどころか部でもねえじゃねえか」

「でも成道君が入ってくれたらゲーム部になるんだ」

「ふざけんな！」

成道の怒声に、遊は飛び上がった。

「七瀬、おまえ俺の話を聞いてたのか。俺は人生を懸けてプロを目指すって言ってんだ。みんなで仲良くＴＯＮごっこをやるつもりはねえ」

「……そんな、僕たちも真剣に」

「いいか、ゲーム甲子園でプロチームからのスカウトを狙うのならば、最低全国大会ぐらい出場はしなければならねえ。あの女はド下手だったじゃねえか。とても戦力にならねえ」

「新しく入った音杉君、冬野さんは経験者だよ。しかもレベルは高い」

二人の実力はかなりあると、くるみが太鼓判を押していた。

「経験者か」

成道が一瞬考え込んだが、すぐに首を横に振る。

「だめだ」

「どうして？」

成道が遊を指差した。

「ＴＯＮは四人チームで戦うゲームなんだ。つまり問題はおまえだ。七瀬。おまえがゲーム初心者ということだ。そんなやつがチームメイトでどうやって勝てるんだ」

「頑張って練習して上手くなるよ」

「おまえはゲームをなめてる。やっぱりなんにもわかっちゃいねえ」

また成道が仏頂面になる。

「なめてなんかないよ」

「おまえ、初心者が高校生からサッカーを始めて、全国大会に出られると思うか？」

「……それは」

「どうだ、なれるのか？」

「……無理だと思う」

サッカーで例えられると、自分が無茶苦茶なことを言っているのがよくわかった。ただ、このままずごすごと引き下がれない。もう運命の日まで残り一週間だ。新入部員のあては、成道しかいない。成道が入部してくれなければ、ゲーム部は消滅してしまう。

遊が抑揚のない声で言った。

「……成道君、君は僕にすべての事情を打ち明けてくれたね。膝の怪我も、お母さんのこともみんな話してくれた」

「それがなんだ」

「だから僕も、君に僕のすべてを伝えようと思う」

遊はおもむろに服を脱いだ。ブレザーを床に置き、シャツのボタンを外していく。突然の遊の行動に、成道が目を丸くしている。

とうとう遊は上半身裸になった。五月だが今日は冷えるので、裸になると当然寒い。ぶるっと震えが走った。

成道がぽかんとして言った。

「なんだ、おまえ、急に裸になって頭がおかしくなったのか？」

「ねえ、僕の体を見てどう思う？」

「どうもこうもねえよ。そんなみすぼらしい体を見せて何がしたいんだよ」

「そう、それ。そのみすぼらしい体が問題なんだ」

遊が声の調子を上げる。

「僕は生まれつき体が弱くて、スポーツができないんだ」

「……体が弱いってどこか悪いのかよ」

「喘息だよ。ちょっと激しい運動をすれば、咳が出て止まらなくなる。だから子供の頃からスポーツが一切できなかった。少しでもサッカーに触れたかったから、サッカーの分析だけはやっていたけどね」

「アナリストか……」

成道がぽつりと口にした。言葉にすると改めて、泥のような悔しさがこみ上げてくる。

「僕はサッカーが、スポーツがしたかった。もし神様が望みを叶えてくれるのならば、まっ先に丈夫な身体を望む。もう善や成道君のようなサッカーの才能が欲しいなんて贅沢は言わない。ただ走り回っても倒れないだけの身体さえあればいい」

成道が神妙に聞き入っている。遊はさらに言葉に熱を込めた。

「でもそんなことは現実には起こらない。けれどその代わり、僕でもスポーツをする喜びを体験できるものに出会った」

「それがＴＯＮか……」

「そう。ｅスポーツだったらこんなひ弱な僕でも、善みたいに全国を目指せる。僕が人生でずっと望んできたもの、それがゲーム部なんだ。だから僕にとってＴＯＮは、ゲーム甲子園は、遊びなんかじゃない。成道君、君と同じぐらい、いやそれ以上に、僕はＴＯＮに懸けてるんだ！」

喉が痛くなるほどの叫び声を上げると、それがビルの谷間に反響した。興奮したせいか息が上がっている。心の中で沈殿《ちんでん》していた感情が、突如爆発した気分だ。

肩を上下させる遊を、成道が真顔で見つめていた。

そこで成道が動いた。遊の服を拾い、こちらに放り投げる。

「いつまで裸でいやがる。さっさと服を着ろ」

「あっ、ありがとう」

急いで遊が服を着ると、体が温かくなった。そういえば外で裸になったことなんてなかった。

成道が口端《くちはし》から息を漏らした。

「……おまえが遊びでゲーム部をやってんじゃねえってのはわかった」

「うん。本気でやってるんだ」

力強く頷く遊に、負けじと成道が声に気迫を込める。

「だがおまえ以上に俺は本気だ。おまえにどれだけTONへの情熱があろうが、素人には変わりがねえ。そんなやつとチームになっても、全国どころか地区大会ですら勝てねえ。フリーでプロを目指す道の方がまだ勝算は高い。俺はゲーム部には入らない。悪いが他をあたれ」

プロゲーマーになる……その成道の想いの強さは、遊の想像を遥かに超えていた。ダメか、と遊は思わず目を閉じた。

7

翌日、遊はゲーム部の部室で成道の勧誘に失敗したことをみんなに告げた。

伊織がしみじみと言った。

「そりゃみんなプロゲーマーになりたいよね」

「どうして?」

つい遊が反応する。伊織にしてはあまりに実感がこもっていた。

「だってプロゲーマーってアイドルと結婚できるんだよ。聖《せい》フル学院の倉田明日香《くらたあすか》もプロゲーマーのハゼジョウさんと結婚したんだよ」

伊織の目が急に爛々《らんらん》と輝き、遊はびっくりした。伊織は聖フル学院の大ファンで、特にメンバーの愛咲日菜子《あいさきひなこ》がお気に入りだった。

くるみも由良も聖フル好きだと言う。なんでも聖フル学院は、テレビでゲーム番組のMCをやっているらしく、ゲーマーにはおなじみのアイドルのようだ。

延々と聖フルの話が続きそうなので、遊が話題を元に戻す。

「とにかく次の手を考えよう。あと一週間を切ってるんだから」

といってもなんの案もない。祈りながらチラシを配るだけだ。

するとくるみがあっけらかんと訊いた。

「なんで?」

「なっ、なんでってどういうこと?」

予期せぬその言葉に遊はたじろいだ。

「だって成道君はプロゲーマーになりたいんでしょ。それだったらフリーでやるより、ゲーム部でゲーム甲子園に出場するのが一番だよ。プロゲーマーの大半がゲーム甲子園出身なんだからさ。伊織君も由良りんも強いんだし、そこに遊君と成道君が入ったら絶対全国に行けるよ」

「えっ、なんで僕？」

驚いて遊が自分を指差すと、由良が異を唱える。

「七瀬氏は素人ですよ。七瀬氏ではなく、経験者のくるみんの方がまだ勝ち目があります」

くるみが肩を落とした。

「私、練習以上に本番の試合がてんでダメなんだ。初陣の足軽並みに浮き足立っちゃうんだよ」

「なるほど。初陣で奇声を上げて突進して、いきなり槍でぶっ殺されるタイプですか。ならば全国出場は無理ゲーですな……」

肩を沈ませる由良に「ちっ、ちっ、ちっ」とくるみが人指し指を横に振る。

「由良りん、わかってないなあ、遊君の真価を。七瀬遊の潜在能力値は化け物クラスなのですぞ。あまりに凄すぎて測定値エラーおこしまくりで、測定器は常に発煙しとります。研究員は毎日パニック状態」

すかさず由良が反応する。

「本当ですか、くるみん？　まさか七瀬氏は磨けば光る逸材、眠れるダイヤの原石なのですか」

「そう、七瀬遊は今は池に眠る竜だが、一度飛躍すれば天まで届く。諸葛孔明《しょかつこうめい》と同じ伏《ふく》竜《りょう》なのだ」

拳をつきあげるくるみに、遊が呆れて言った。

「……冗談はもういいよ」

さすがに今の心境では付き合いきれない。くるみが躍起となって言った。

「冗談なんかじゃないよ。私はＴＯＮは下手だけど、その分ＴＯＮの才能がある人はわかる。遊君は絶対凄くなるよ。絶対、絶対、強くなる。間違いないよ」

くるみの断言ぶりに、遊はぽかんとした。その直後、胸の中に自信がこみ上げてくる。

くるみがここまで言ってくれるのだ。

そこで遊は閃《ひらめ》いた。

「みんな、僕しばらく部活休んでいいかな」

「えっ、なんで？」

面食らう伊織に、遊が重々しく返した。

「やってみたいことがあるんだ」

そして部の命運が決まる五月三十一日。

部室の扉のノブに手をかけると、遊はぶるっと震えた。これが武者震いというやつだろう。何せ今日でゲーム部が存続できるかどうかが決まるのだ。

扉を開けると、すでにくるみ、伊織、由良がいた。くるみが慌てて尋ねてくる。

「一体今日まで何をやってたの？」

「ごめん」

遊が謝ると、くるみがすぐに察した。

「その顔どうしたの？　目がまっ赤だし、ちょっとやつれてるよ」

この数日間ほとんど寝ていない。それをごまかすように遊は話を先に進めた。

「新入部員はどうかな？」

「……ごめんなさい。伊織君も由良りんも頑張ってくれたんだけど」

くるみが無念そうに首を振り、伊織と由良もうなだれた。遊が部活を休んでいる間、他の三人は部員集めに奔走していた。

我慢できないように伊織が口を開いた。

「それより七瀬君は部活を休んで何をしてたの？」

「TONの特訓をしてた」

「特訓？　確かに練習は必要だけど、部員が集まってからでいいじゃない」

「部員を集めるのに特訓が必要だったんだ」

そう遊が答えると、伊織が妙な顔になった。そのときだ。

「くそっ、なんでここはこんなにわかりにくい場所にあるんだ」

全員が弾かれたように扉を見ると、そこに成道がいた。くるみが意外そうに言う。

「なんで成道君がいるの？」

「僕が呼んだんだ」

平淡な声で遊が答える。成道の連絡先は知らないが、環奈とは連絡先を交換していた。だから環奈に、成道に今日ここに来るように伝えてくれと頼んだのだ。不審そうに成道が遊を見る。

「一体俺になんの用だ」

「成道君に今の僕のＴＯＮの実力を見て欲しい。初心者の僕がどこまでＴＯＮがうまくなったかをね」

「そんなものを見てどうする」

「もし成道君が認めてくれる腕が僕にあったらゲーム部に入って欲しい」

「なんだと」

成道だけではなく、他の三人もたまげている様子だ。

部活にするためには、どうしても成道が必要だ。そして成道がゲーム部に入らない理由に遊の実力不足があるのならば、その実力自体を上げればいい。遊はそう判断したのだ。

くるみが顔を輝かせる。

「おおっ、なるほど。だから部活を休んで猛特訓をしてきたというわけですな」

「うん、そうなんだ」

遊が軽く頷くと、くるみがくぅっと唸り声を上げた。

「我がゲーム部の伏竜こと七瀬遊が、虎の穴で秘密の修行をする。そして敵である成道君を仲間に入れる。これぞ少年漫画的展開！」

由良も興奮気味に重ねる。

「くるみん、それは燃えますな。我《われ》、アニメ化希望」

「ぬぬっ、さらにここで鳳雛《ほうすう》こと成道君をゲットできれば……」

「伏竜と鳳雛を揃えれば、天下を取れますぞ。くるみん将軍」

「由良りん、その通り！　水鏡《すいきょう》先生もそうおっしゃられていた」

伏竜が諸葛孔明で、鳳雛が龐統《ほうとう》、水鏡先生は司馬徽《しばき》のことだ。三国志を知らないと二人の会話についていけない。

盛り上がる二人を見て、成道が呆れ返った。

「……またおかしなのが入ってるじゃねえか」

遊が素早く確認する。

「成道君、どう？」

くるみと由良のせいで成道に逃げられては元も子もない。

「……いいだろう。おまえが俺が納得できる腕前だったらゲーム部に入ってやる」

遊はひとまず安堵した。まずは第一条件クリアだ。

全員がモニターの前に集まる。遊はコントローラーを手に取り、深呼吸をした。いよいよだ。

トレーニングモードにして難易度を7に設定する。MAXは10だ。くるみが不安そうに言う。

「遊君、大丈夫。難しすぎじゃない」

とても初心者がやる難易度ではない。

「大丈夫。見てて」

ゲームがスタートする。まずは止まった鳥に忍弾を放つ。エイムをピタリと合わせ、続けざまに鳥を射抜く。ブレはまるでない。

くるみが声を弾ませる。

「凄い。前とぜんぜん違う」

問題はここからだ。鳥が羽ばたきはじめた。止まっている鳥に比べ、動いている鳥に当てるのは格段に難しくなる。鳥の動く先を予測し、忍弾を撃つ。みんなの前で緊張していたが当てられる。練習の成果が出ている。

徐々に鳥の動きが早くなり、難しくなる。だが遊はどうにか食らいつく。外さない。絶対に外さない。そう必死でプレイしていると、脳裏に五線譜と音符が浮かんでくる。

ピアノだ。ピアノを弾くように、コントローラーを動かす。練習をくり返すうちに、遊はピアノとTONに共通点を見つけた。どちらもリズムが重要なのだ。そのコツを摑んでから飛躍的に腕が上がった。

高速で飛び回る最後の鳥をどうにか撃ち抜き、ゲームが終わった。かなりの高得点だ。

一同がどよめき、くるみが歓喜の声を上げた。

「遊君、何これ。凄いよ。エイム力激アップしてる」

伊織が疑問混じりに言った。

「七瀬君ってほんとに初心者なの？」

ふうと遊が息を吐き、眉を開いて応じる。

「うん、この前やりはじめたばかりだよ」

「嘘でしょ。それでこんなことできるの？　一体どれだけ練習してたの？」

「はじめは毎日トレーニングモードで五時間。部活を休んでいる間は、ほぼ寝ないでずっとやってた」

驚いた様子で由良が漏らした。

「退屈なトレーニングモードをそれだけやってたんでありますか？　七瀬氏はちょっとイカれているんですか。前世は忠犬ハチ公ですか」

地道な訓練を飽きずに延々とできる。環奈との会話がヒントになった。ピアノもそうやって実力をつけた。目標が定まれば、誰よりも無心で努力ができる。それが遊の最大の長所だ。

はっとして遊が成道の方を見た。

「どう、成道君？」

成道が腕を組んで黙り込んでいる。成道の言葉を待とうと、全員が静まり返った。その沈黙が、遊には耐えきれないほど長く感じた。

やがて成道が重い口を開いた。

「……確かにエイム力は初心者の技ではないな」

「じゃっ、じゃあ」

遊が顔を輝かせる寸前で、成道が問うた。

「忍術はどうした」

「……忍術はまだできない」

囁くようにそう返すと、成道が鼻で笑った。

「TONのメインは忍術だ。エイム力が多少あっても、忍術が使えなければどうしようもない。時間の無駄だったな」

踵を返して成道が扉に向かおうとするのを、くるみがあたふたと止めた。

「ちょっと待ってよ、成道君。遊君はたった一週間でここまで上手くなったんだよ。忍術もすぐに使えるようになるって」

体を戻した成道が、冷めた表情で否定する。

「どうだかな。忍術はまた別だ」

成道の言う通り、忍術は印を結ぶコマンド入力が必要となる。エイムを合わせるのとはまた違う種類の能力だ。

遊がぼそりと言った。

「……成道君、もう一つ見て欲しいものがあるんだ」

「忍術を使えないのならもう見るものはない」

「そう言わずに見て欲しい。時間はとらせないから」

しゃあねえという感じで、成道がソファーに座りなおした。それを確認して、遊はもう一度トレーニングモードを選択した。今度は鳥も何もなく、無骨な柱だけがある場所だ。

くるみが首をひねった。

「遊君、何するの？」

「まあ見ててよ」

忍術ゲージは満タンになっている。このゲージがゼロだと忍術は使えない。コントローラーを握り、遊は深呼吸をした。すべてはこのときのためだ。Lボタンを押し、スティックを動かしはじめる。最速、最短、そして何よりも正確に……この数日間何度くり返したかわからないほどやり込んだコマンド入力だ。

遊が印を結ぶと、エイムの十字カーソルが大きくなり、体が激しく点滅しはじめる。タイミングを見計らいボタンを押すといつもの忍弾ではなく、一匹の巨大な水竜《すいりゅう》が飛び出した。津波となってすべてを呑み込む水の神だ。

水をまとった獰猛《どうもう》な竜がうねり狂う。それをどうにか操り、柱へと誘う。轟音《ごうおん》とともに水竜は柱をなぎ倒し、やがて静かに消えていった。

うまくいった、と遊は全身の力を抜いた。手のひらが汗でびっしょり濡れている。この一撃にすべてを懸けていた。

他の四人は沈黙している。特に成道は、驚きで顔が固まっていた。くるみがわなわなと震えながら言った。

「りっ、『竜王《りゅうおう》』だ」

それが今の忍術の名前だ。TONでも最強の技の一つに数えられている。

伊織が声を乱して尋ねる。

「ちょっ、ちょっと待って。七瀬君、忍術は使えないんじゃないの？」

「忍術は使えないけど、この『超忍術』だけは使えるように特訓したんだ。竜王だけね」

超忍術とは、忍術ゲージを一挙に三つ使う必殺技だ。印も複雑で、普通の忍術よりもはるかに難しくて発動すらままならない。ゲージの消費量も激しく、試合中ではめったに見られない。この竜王は、中忍・水遁使いの最強の技だ。

「どういうこと？ どうして簡単な忍術じゃなくて、一番難しい超忍術を練習したの？しかも竜王って最高難度の超忍術だよ。意味がわからない」

目を剝く伊織に遊が応じる。

「簡単だよ。ただの忍術じゃ成道君は納得してくれない。初心者の僕がチームメイトでも全国に行けるってね」

成道は無言のままだ。

「初心者の僕が超忍術の竜王を使う。それぐらいインパクトがあることをやらないと、成道君は応じてくれない。だからこれだけを練習したんだ」

くるみが口を半開きにし、絶賛の声を漏らした。

「なんたる作戦。ここに現代の孫子《そんし》がいた」

「孫子爆誕でありますな」

珍しく由良も感心している様子だ。成道が重い口を開いた。

「……七瀬、一つ聞きたいことがある」

「……何？」

「忍速だ」

「忍速って？」

「印を結ぶ速さのことだよ。いくら必死に練習したっていってもな、あの忍速の速さは尋常じゃねえ。竜王の発動時間にしては速すぎる」

信じられないという面持ちで成道が言い、由良も賛同する。

「確かに。竜王の忍速とは思えないのであります。光の忍速です」

そのとき、くるみが手を叩いた。

「ピアノだ。遊君ピアノをずっとやってたから忍速も速いんだ。だってＴＯＮは手先の器用さが超重要だもん。ピアニストの指さばきって、ゲーマーと共通する部分があると思う。あの忍速で超忍術なんか普通使えないもん」

「ピアノか……」

ちらりと成道が遊の手を見て、ぶつぶつと呟いた。

「エイムはまだまだだが、あの忍速は使える。それにこいつには頭がある……」

それから顔を上げ、遊を見据えた。その目には蒼い炎が揺らめいている。

「七瀬、答えろ」

「何を？」

「おまえは本気で全国に行く気があるのか」

「もちろん」

そう遊が即答すると、成道が他の三人を見た。

「おまえらはどうなんだ。本気で全国に行く気があるのか」

「うん。僕も全国には行きたい。聖フルの愛咲日菜子様に会えるからね」

伊織が張り切っている。ゲーム甲子園の全国大会では、聖フル学院のメンバーが応援に駆けつけるそうだ。全国大会で愛咲日菜子に会う。伊織にとってはこれ以上の目標はない。

「笑止千万。野望の大きさは人の器と比例する。全国大会で男どもを叩きのめしてみせますぞ」

不敵に由良が肩を揺すり、くるみが指で鼻をこすった。

「たりめえよ。この花見くるみがてめえらを全国に導いてやるぜ。苦しいときはあっしの背中を見て戦いやがれってんだ」

そこで成道が息を吐き、小さく頷いた。

「いいだろう。ゲーム部に入ってやる」

「ほっ、ほんと？」

わなわなと遊が確認すると、成道が短く言った。

「ああ、入ってやる」

「おっ、おっ、おっ……」

口をぱくぱくさせるくるみに、由良が不気味そうに訊いた。

「どっ、どうしたんでありますか、くるみん？　バグったんでありますか？」

「一人、二人、三人、四人……」

くるみが指で順番に人数を確認し、最後に自分を指差した。

「五人、五人！　わああああああ！　マジか。本当に五人いる！」

くるみの目からボタボタと涙が溢《あふ》れ落ち、一瞬で頬を濡らした。遊も目の縁に涙を溜めて頷く。

「うん。うん。よかったね」

「ありがとう、遊君、ありがとう。伊織君も由良りんも、あとついでに成道君もありがとう」

「ついでってなんだよ……」

不服そうに成道が言うと、由良が微笑んだ。

「くるみん、ゲーム部爆誕ですな」

「そうだ。爆誕だあ。みんな大好きだあ！」

わんわんと泣くくるみを見て、遊も涙が止まらない。他の三人は、二人の号泣ぶりに呆れている様子だ。

「円陣だ。各々方、円陣を組むぞ」

そうくるみが号令をかけると、由良が嬉々として言った。

「殿、円陣はスポーツ部の連中の専売特許でありますよ」

「ぬはは。きゃつらぬかりおったわ。なんと特許申請を怠りおった。さあ、みんな肩だ。肩を組むのだ」

くるみが遊と肩を組んできたのでどきりとする。動揺を悟られないように、遊も遠慮がちにくるみの肩に触れる。いい匂いがしたので心臓がばくばく音を立てる。女子の匂いはふいうちすぎる。

もう一方の手でくるみが成道の肩を摑み、成道が嫌々ながらそれに従っている。伊織は体が大きいので腰をかがめ、由良の背の高さに合わせてあげている。なんだか伊織の性格が出ている。

くるみが促した。

「さあ、遊君。かけ声をかけてよ」

「えっ、僕が？」

「そうだよ。遊君がゲーム部昇格の立役者なんだから。偏屈王・九条成道を見事竜王で屈服させ、仲間に引き入れたんだからね」

「誰が偏屈王だ」

　そう成道が口を曲げ、全員がどっと笑った。そのみんなの笑顔を見て、遊は高らかに声を上げた。

「ゲーム部、全国行くぞ!」

「おーー!!」

　一同の声が揃い、ボロボロの部室に反響した。

　ここからだ、ここからはじまるんだ。生まれてはじめて感じる未来への期待に、遊の胸ははちきれそうになった。

第2章　ゲーム部、始動！

1

「魚弾《ぎょだん》！」

遊が印を結び忍術を発動する。魚の形をした弾丸が敵を一人倒し、さらにその射線上にいたもう一人を撃破する。勝利という文字が浮かび、遊は額の汗を拭った。魚弾は水遁忍術の一つだ。

伊織が褒めてくれる。

「七瀬君、忍術ずいぶんうまくなったね」

「まだまだだよ」

あれから一ヵ月間猛練習を続け、どうにか初心者の域からは脱することができた。部員との対戦でも、遊が足を引っ張って負けることはほぼない。

公式戦は四人チームの団体戦の3セットマッチで、2セット取れれば勝利となる。1セット取るには3点先取すればいい。

練習を重ねるうちに、次第にこれはサッカーの戦術と似ていることに気づいた。サッカーでつちかった分析能力が、TONでも生かせるのだ。

これならば全国に行ける。日が経つにつれ、チーム全員にその自信がみなぎってきた。

「やあやあ、今日も精が出るね」

顧問の新免が姿を見せた。顧問といっても何か指導してくれるわけではない。三日に一度程度あらわれて、遊たちがきちんと部活に励んでいるかを確認するだけだ。

くるみが不思議そうに首を傾げた。

「あれっ、先生昨日も来ませんでしたっけ？」

「おいおい、花見君つれないねえ」

つっけんどんに成道が言う。

「先生、邪魔するなら帰れよ」

「邪魔なんてとんでもない。魔王の城から持ち帰った秘宝を今からみんなに開陳しようと思ったのに」

くるみが乗ってくる。

「先生、もしやあれですか。その宝の名は『希望』、そしてその希望は、もう我々ゲーム部は持っているというオチですか」

「ふふふ、そんな古びたオチで、君たちエンタメ漬けの十代を満足させられるとは思わないよ。星海の娯楽王こと新免学も見くびられたものだ。これこそまさに秘宝中の秘宝。徳川家康の埋蔵金ですらこの秘宝の足元にも及ばないよ」

「よろしいのですかな、先生。そんなにハードルを上げて。プレゼンの基本はまずハードルを下げる。これですぞ」

「そんなハードル軽々飛び越えてみせよう。見よ、この珠玉の品を」

新免が鞄からクリアファイルを取り出し、テーブルの上に置いた。くるみが目を見開き、わなわなと声を震わせた。

「こっ、これはゲーム甲子園地区予選のトーナメント表ではないですか」

新免が鼻を高くする。

「その通り、今日発表されたできたてほやほやだ。どうだい、君たちにとってこれ以上の秘宝はないだろう」

「ぬぬっ、さすが星海の妖怪サトリ・新免学。我々の心はお見通しというわけですな」

新免とくるみを捨て置き、遊はトーナメント表を見た。

まずは八月第二週に、地区代表決定戦一次予選が行われる。そこから三勝すれば、二週間後の決勝戦に進出できる。その決勝戦で勝利を収めなければ全国大会に行けない。

くるみがトーナメント表を凝視する。

「えーっと順調に行けば森堂《もりどう》学園とは決勝だね」

伊織が大げさに胸をなでおろした。

「とりあえず最大の不運は避けれたね」

その伊織の反応に遊が疑問を挟んだ。

「森堂学園ってところが凄いの？」

くるみが得意げに答える。

「我が県のトップだね。ゲーム甲子園がはじまってから、森堂以外が県代表になったことはないのだ」

「えっ、ずっと……」

「森堂は全員強いんだけど、その中でも最要注意プレイヤーが帝王・双葉蓮《ふたばれん》だよ」

「帝王……」

そう遊が怯えていると、成道が意気込むように言った。

「はったりだ。しょせん県予選レベルだろ。たいしたことねえ」

「無知とは恐ろしいものだねえ。まるで攘夷志士《じょういしし》だ」

にやにやと新免が含んだ口ぶりで言い、成道が顔をしかめる。

「なんだと」

「成道君、君はプロゲーマーになりたいそうじゃないか」

「……それがどうした」

「双葉蓮はこの県内でもっともプロゲーマーに近いプレイヤーだよ」

「何、プロゲーマーだと！」

成道が声を跳ね上げると、新免が笑顔で言い換える。

「近いというか森堂の双葉蓮は高校卒業後プロチームに所属することがすでに決まっているからね。実質プロゲーマーみたいなものだ」

遊は生唾を呑み込んだ。つまり甲子園に行くには、その双葉蓮を倒さなければならないということだろう。

「全国大会は厳しいかもね……」

弱音を伊織が漏らすと、くるみが陽気な声で言った。

「まあまあ我々はまだ全員一年生なのだ。双葉蓮は三年だから来年卒業だしね」

由良が安堵の息を漏らす。

「なるほど。双葉蓮がいなくなった来年こそが我らの本番というわけですな」

「強き者とは戦わず、弱き者とのみ戦う。これぞ必勝の方程式なり」

ふふんとくるみが鼻を鳴らすと、新免がのんびりと言う。

「穴だらけの方程式だね」

くるみが声を乱した。

「何を！　そなた兵法を知らぬのか」

「兵法は熟知してるけど、君の考える勝利条件には間違いがあるね」

「どういうことですか？」

「まだ言ってなかったけどね。星海学園ゲーム部は存亡の危機にあるんだよ」

「存亡の危機……？」

「校長先生にゲーム部を作るときに条件をつけられたんだ」

星海学園の校長といえば、頑固で生徒たちから忌《い》み嫌《きら》われている。嫌な予感がして、遊の体が強張《こわば》った。くるみが慎重に訊き返した。

「どんな条件ですか？」

「今年のゲーム甲子園で全国に行けないと、ゲーム部は廃部だってね」

「はっ、廃部！」

五人揃って大声を上げた。くるみが勢い込んで尋ねる。

「先生、廃部ってどういうことですか」

「まあこれが星海の現実ってことだよ。お偉方からすればゲーム部なんて異物以外の何物でもないからね」

たまらず遊が抗議する。

「ちょっと待ってください。部に昇格する条件は部員五人と顧問の先生一人をつけることですよね。話が違うじゃないですか」

「昇格はね。ただゲーム部には存続の条件もあったってことだよ」

「先生はそれを承知したんですか？」

「仕方ないよ。条件を呑まなければ部の創立すら認めてくれそうになかったからね。宮仕えの厳しいところさ」

肩をすくめる新免に、成道が歯ぎしりをした。

「……そんなこと聞いてないぞ」

「うん。今はじめて言ったからね。君たちの目標は全国進出なんだから教える必要もないかと思ってさ」

一同が押し黙り、遊は唇を噛んだ。

新免の言う通り、遊はゲーム甲子園で全国大会を目指すつもりだった。でもそれは本当に、『つもり』だったと今気づかされた。心のどこかでは、三年間のうちいつか行ければいいと思っていたのだ。

気を取りなおすように成道が言った。

「まあいい。廃部なんか関係なく、俺は今年全国に行くつもりだったからな」

自信満々という口ぶりに、遊はひと安心した。成道の実力は破格だ。その腕前は双葉蓮に匹敵するかもしれない。

うんうんとくるみが強く頷いた。

「そうだね。どうせなら今年から全国に行こう。みんなが力を合わせたらきっと行けるよ」

伊織と由良の表情が緩み、遊が力を込めて言った。

「よしっ、みんな頑張ろう」

おうっと部員が声を揃え、遊は意欲を新たにした。

2

またやってしまった……。

まぶたを開けると同時に、手に違和感がした。だがその正体はもうわかっている。コントローラーを持ったまま寝てしまったのだ。最近は寝落ちが当たり前になっていて、ベッドに入ることすらない。

時々あまりに眠すぎてサボりたくなるが、そんなときは成道の言葉を思い出す。遊がやろうとしていることは、高校でサッカーをはじめた人間が強豪校で即レギュラーになり、さらにインターハイに出場をするようなものだ。

シャワーを浴びると少しさっぱりしたので、またTONをやろうとしたが、お腹が悲鳴を上げるように鳴った。そういえば昨日のお昼から何も食べていない。

外に出て、くるみに教えてもらった喫茶店にやってきた。休みの日はここにきてインベーダーゲームをやることにしている。

基礎だ。基礎が何よりも重要だ。ピアノでも遊は、基礎のハノンを徹底的にこなした。シューティングゲームの基礎は、このインベーダーゲームだ。中忍はシューティングだからこれが教則本のようなものだ。

夢中でゲームをやっていると、

「それ何やってるの？」

急な問いかけに驚いて顔を上げると、目の前に若い男がいた。大学生、いや高校生ぐらいだろうか。ダボダボの服を着ている上に童顔なので年齢がよくわからない。柔和な顔立ちで、人懐っこい犬みたいな感じだ。

「インベーダーゲームです」

「えっ、ゲームなの、これが？　机がゲーム機なの？　すげえおもしれえじゃん。ねえやらせて、やらせて」

「……いいですけど」

何者かはわからないが、遊は操作方法を教えた。百円玉を入れて、彼がプレイをはじめる。それを見て遊は目を見張った。やたらにうまいのだ。

「このゲームやったことあるんですか？」

「あるわけないよ、こんな古いゲーム。あっ、いけ、この」

はじめてやったという割には、あっという間に遊の記録を更新した。かなり進んだところでようやくゲームオーバーとなった。

「あー楽しかった。古いゲームでも楽しいね」

「……そうですね」

ゲームが終わっても彼が立ち去る気配がない。他の席は空いている。遊の視線に彼が気づいた。

「あっ、ごめん。俺ここにいちゃ迷惑？　せっかくだから一緒におしゃべりしようよ。珍しい店があるなって入ったけど、一人でコーヒー呑むのもつまんないしさ。いいでしょ」

「……いいですけど」

人懐っこいのは顔だけではないみたいだ。

「君は中学生？」

「高校です。高校一年生です」

「あっ、そうなんだぁ。いいよねえ、高校生。俺もう三月で高校卒業しちゃったからなあ。知ってる？　高校卒業したらもう高校行けないんだよ」

「知ってます……」

　ということは十八歳か十九歳だ。ずいぶんと若く見える。

「ねえねえ高校はどこなの？」

「星海です」

「星海かあ。俺と同じでなんか星海っぽくないね。星海の人ってもっとごっつい人のイメージだもん」

「……すみません」

「なんであやまんの。俺も星海っぽくないでしょ。どう？」

　腕組みをして強そうに見せるが、まったくそうは見えない。

「見えないです」

「でしょ。俺、運動神経ゼロだもん。走るのも遅くてさあ、徒競走のときスケボー使ったら体育の先生にこっぴどく怒られたんだあ」

「そりゃそうでしょ」

　ついふき出してしまう。運動ができないのは遊と一緒だが、こういう性格ならば星海にいたとしても気は楽かもしれない。

するると鳩時計が鳴り出した。鳩が飛び出して時刻を教えている。この店は時計もレトロだ。

「あれっ、もうこんな時間なの？　じゃあね。楽しかった」

そう言い残すと、彼が勢いよく店から出て行った。まるで嵐のような人だ。

夕方まで気分転換をかねて喫茶店で過ごしたが、今夜も体力と気力が続く限界まで練習しなければならない。エイムと防膜での防御、そして忍術の練習だ。

リビングに入ると、急に背中に何かの感触を感じた。ぞっとした直後、耳元で低い声がした。

「カネ、カネ、キンコ」

強盗だ、と遊の体を恐怖が貫く。拳銃をつきつけられているのだ。無抵抗を示すために手だけは上げるが、その手が小刻みに震える。すると笑い声が聞こえた。

「何よ。そんなにびびんなくてもいいじゃない」

聞き覚えのあるその声に、遊はすぐさま振り向いた。そこには母親の円が指を拳銃の形にして立っていた。ふいうちだったので、完全にしてやられた。

「母さん、どうして家にいるの？」

「今日退院だったのよ」

「それなら言ってくれたら迎えに行ったのに」

「遊はゲーム部で忙しいからね。それに驚かせたかったのよ」

「家ではやめてよ。本当に強盗かと思った」

「ふふ、家はくつろぎ空間だからびっくり度も上がるのよねえ」

くるみ、新免を含め、遊の周りには驚かせたい人ばかりだ。

「で、どうなの。ゲーム部の調子は？」

「うん。八月にゲーム甲子園の地区予選があるんだ。それに向けてみんな燃えてるんだ」

「そうなんだ。でもまあ遊が一番燃えてるみたいだけどね」

「そう？　そんなことないよ」

「じゃあそういうことにしておいてあげましょう」

円が大笑いする。リビングに笑い声が響いたので、この家も喜んでいるみたいだ。

3

今日は先生たちの研修で授業は早めに終わったのだが、部活は休みとなった。遊は休みなどいらなかったが、新免の命令だったので仕方がない。休息も必要だと言われたのだ。

「ねえ」

クラスメイトの女子の声だ。彼女は遊のクラスのアイドル的存在だ。芸能事務所に所属して、タレント活動もしているらしい。彼女に恋焦がれている男子は数多い。

ただ自分を呼んでいると思わず、「ねえ、七瀬君ったら」と彼女に再び声をかけられてようやく気づいた。

「えっ、何？　僕？」

彼女が弾けるように笑う。

「そんなに慌てなくていいじゃん」

まさか遊に話しかけてくるとは思わない。クラスの女子が遊に語りかけることなど皆無な上に、彼女のような人気者ならばなおさらだ。

ふと視線を感じると、男子たちが妬《ねた》むように遊を睨んでいる。そんな視線に頓着せず、彼女が声を弾ませた。

「ねえ、七瀬君ってピアノ上手いんだってね」

「……どうして知ってるの？」

「なんかゲーム部の部室で七瀬君が弾いているのを聞いた子が教えてくれたんだ」

「そうなんだ」

「そんな特技があったんだったら早く教えてくれたらいいのに。私、ピアノ演奏のＹｏｕＴｕｂｅよく見るんだ」

「ほんとに。僕もそうなんだ」

つい浮かれた声になってしまう。彼女が興味津々に言った。

「なんか七瀬君って最近変わったよね。前と全然違う」

「そうかなあ？」

ゲーム部に入ったからだと思うが、自分ではよくわからない。彼女が目を輝かせて頼んできた。

「そうだ。七瀬君、今から音楽室でピアノ聞かせてよ。私、聞きたい」

「えっ、今から」

遊はどぎまぎした。まさか彼女のような人気のある女子が、遊にこんな頼みをしてくるなんて。視界の隅では男子たちが殺気立っている。額に『嫉妬』という二文字が刻まれているような形相だ。食い殺されるかもしれない……するとスマホが震えた。「ごめん」と言って確認すると、くるみからのＬＩＮＥだった。

『遊君、今から一緒に行きたいところがあるんだけど何か予定ある？』

顔を上げるや否や、遊は彼女に謝った。

「これから用事があるんだ。また今度ね」

「えっ……そうなんだ」

断られたことがよほど意外だったのが、彼女がぽかんとしている。彼女の頼みを断る男子など、宇宙人よりも珍しい存在だろう。周りの男子たちもざわついている。でも今の遊からすれば、くるみの誘い以上の優先事項はない。

校舎の昇降口でくるみと待ち合わせる。

「遊君、ごめんね。突然デートに誘って」

「でっ、デート⁉」

声が裏返り、周りの生徒から注目を集めてしまった。ひそひそと尋ねる。

「ぼっ、僕と花見さんがデートするの？」

「そうだよ。嫌？」

無邪気にくるみが尋ね、「嫌なんてとんでもない」と遊は急いで否定する。火山が噴火したみたいに、胸と顔が熱くなった。体温も四十度を超えたかもしれない。

二人でやってきたのはあの駅ビルがある街だ。ただくるみはそのビルを素通りして、路地裏に入っていく。

ずいぶんと狭い道だ。軒になんとか電子と書かれた小規模な電気店が連なっている。店頭ではパソコンの細かなパーツが売られていて、初老の男性たちがそれを手にし、険しい顔つきで見つめている。この街にこんな場所があることすら遊は知らなかったが、くるみは勝手知ったる様子だ。

くるみは雑居ビルの中に入っていく。薄暗い廊下で、切れかかった蛍光灯が点滅している。外よりも小さな店舗がずらっと並び、商品がところせましと陳列されている。使い道が一つもわからない。

くるみが案内したのは、その一番奥にある店だった。狭い店内にゲーム機やゲームソフトが置かれている。ゲームのキャラクターグッズも多い。ゲームの専門店だ。

壁のポスターにはTONの大会やプロゲーマーの写真などが掲載されていた。栄養ドリンクのポスターもたくさんある。遊の視線にくるみが気づいた。

「栄養ドリンクのポスターが多いでしょ。プロゲームチームのスポンサーは飲料メーカーが多いんだよ。あと目薬とかね」

「面白いね」

遊はうきうきと周りを見回した。

「ここで何するの？」

「ヘッドホンを買うのだ」

「ヘッドホン？　なんでそんなのがいるの？」

「TONは公式試合になるとお互いマイク付きのヘッドホンで意思疎通をはかるんだよ。そろそろ遊君もヘッドホンを買わないとね」

「なるほどね」

ゲーム甲子園も近いので、ヘッドホンに慣れる必要があるということなのだろう。そのときだ。

「あれっ、君インベーダーゲームの子じゃない」

急に声をかけられて振り向くと、遊は目を見開いた。

「あっ、あのときの」

そこにこの前喫茶店で会ったおかしな人がいた。するとくるみが彼を指差し、あたふたと声を上げた。

「あっ、甘木光太郎《あまきこうたろう》」

「えっ、花見さん知ってるの？」

「当たり前だよ。甘木さんは新進気鋭のプロゲーマーだよ。日本のＴＯＮ界に天才あらわるって、この世界じゃ超有名だよ」

「ぷっ、プロゲーマー！」

ひっくり返りそうになるほど遊が面食らうと、光太郎が胸を張って言った。

「えっへん、おっほん。そうだ。吾輩はプロゲーマーなのだ」

まさか偶然喫茶店で会ったちゃらちゃらした人が、そんな有名なプロゲーマーだったなんて……。

「なになに、俺のこと知ってる上に、この店来てるってことはもしかして君たちゲーム好きなの？」

くるみが腰を中腰に落として右手をつき出した。手のひらを上にして、低い声で言った。

「お控えなすって。手前は姓は花見、名はくるみ。稼業は星海学園ゲーム部部長。人呼んで星海の唐獅子牡丹《からじしぼたん》と発します。以後万事万端、よろしくお頼み申します」

「それ仁義ってやつだよね。俺、仁義切られたのはじめてだ。しかも女子高生に」

光太郎が手を叩いて絶賛する。くるみはもちろんだが、光太郎も変わった人みたいだ。

「僕は七瀬遊です」

「そうかあ、ゆうゆうとくるくるはゲーム部なのかあ」

あだ名のつけ方も独特だ。

「そういやゆうゆうインベーダーゲーム上手だったもんね。そろそろゲーム甲子園だからグッズ買いに来たの？」

「はい」

「じゃあ楽しみにしてるよ。俺も全試合、見に行くからさ」

ぴんときたようにくるみが言った。

「あっ、もしかして双葉蓮を見に来るんですか？　来年同じチームになるから」

「えっ、なんでそれ知ってるの？　まだ蓮がうちに来るって公表されてないよ」

驚いたように眉を上げる光太郎に、「ちっ、ちっ、ちっ」とくるみが指を左右に振る。

「試合の解説にプロゲーマーが入るのは決勝戦から。地区予選に行く理由は、誰か有望な選手を見たいから。うちの県ならそれは双葉蓮以外にありえない。でも双葉蓮はもうプロチームから内定をもらっているという噂がある。じゃあ甘木さんと双葉蓮が同じチームになるのかなあって推理したのだ。将来のチームメイトを見に行くんでしょ」

光太郎が顔を輝かせる。

「すげえ、くるくる名探偵みたいだ」

「ふふっ、私の灰色の脳細胞にかかればこんなものですよ。ヘイスティングズ」

得意げにくるみが自分の頭を指で叩いた。ホームズよりポアロが好きらしい。

「そうなんだよ。蓮は高校卒業したらうちに入団するんだ。あいつが近忍で俺は中忍だからコンビ組むことになるでしょ。蓮の成長をちゃんと見とけって監督がうるさくてさ。まいっちゃう」

プロにもなると、チームに入る前の選手までチェックしないといけないのか。プロサッカーと同じだ。

「まあ、ゆうゆうたちの星海を見る楽しみも増えたからね。ゲーム甲子園地区予選楽しみにしてるよ。じゃあね」

そう光太郎が言い、軽やかに立ち去っていった。

「プロゲーマーか……」

遊は我知らず呟いていた。あの人のようになることが成道の目標なのだ。

ヘッドホンを買い、インベーダーの喫茶店にやってきた。ケーキを食べながら、くるみが遊の隣を見る。

「いい買い物したあとのケーキは絶品ですな」

その視線の先には、さっき購入したヘッドホンがある。

「ありがとう。花見さん」

遊が心から礼を述べると、くるみがきょとんとした。

「遊君、おおげさだよ。ヘッドホン買うの付き合っただけじゃない」

「それだけじゃないよ。僕をゲーム部に誘ってくれたこと」

そう、ちょうど今座っているこの席で、くるみが遊をゲーム部に勧誘してくれたのだ。

あの瞬間、なぜか泣いてしまった。そしてその涙の理由が自分でもわからず困惑した。

でも今気づいた。

善たちサッカー部やスポーツ部のみんなのように、仲間と一緒に勝利を目指す。遊は長年それに憧れ続けていたが、病弱な遊ではそれは叶わなかった。その理不尽さに遊は絶望していた。

けれど絶望の闇に、くるみがゲームという希望の光を差し込んでくれた。そのまばゆい光に、つい涙を流したのだ。

くるみが首を横に振る。

「ううん。私こそありがとうだよ。だって遊君のおかげでゲーム部を作れたんだもん。ほらっ、これ見て」

鞄から手帳を取り出し、遊に見せてくる。中身はカラフルなペンで書き込まれていて、シールもたくさん貼られている。

「ほらっ、シールでいっぱいでしょ」

「そうだね」

「私いいことがあったらシール貼るんだけど、もうゲーム部爆誕してからシールだらけだもん。今日はあの甘木光太郎に会えて仁義も切れたんだからね。もう君にはＴＯＮの神様がついてるよ。あー嬉しい、嬉しいなあ。今日はとっておきのシール貼ろうっと」

無邪気に喜ぶくるみに、遊はつい目を奪われた。この笑顔をずっと見ていたい。でもすぐに気を引きしめて言った。

「来年も再来年もシールが貼れるようにゲーム部は廃部にさせない。絶対に全国に行こう」

「そうだね。だけどこんな顔で歯を食いしばって、悲壮感たっぷりでやるのは私たちっぽくないよ」

くるみが眉間に深いしわを寄せ、わざとらしく顔をしかめる。

「どういうこと？」

「せっかくゲーム部作ったんだからさ、今日のデートみたいに楽しまないと」

「デート……」

そのフレーズを聞くと、体が逆上《のぼ》せて仕方がない。くるみが閃いたように言った。

「そうだ。我がゲーム部のモットーは『楽しく生き残ろう』にしよう」

遊がぎょっと首をすくめる。

「……生き残るってちょっとおっかないね」

「事実そうだからね。でも楽しくをつけたら、なんだかスリル満点のゲームをやってる気分になるでしょ」

「まあそうかも」

よくよく考えると、今の遊たちの状況と目指すものがすべて含まれている言葉だ。

「よしっ、それで決まりだね。ではモットーも決まったところで、今後の作戦を練ろうではないか」

くるみがぱちんと指を鳴らした。くるみは相手チームのデータ集めや分析を担当してくれていた。

遊は腕を組んで言った。

「やっぱりゲーム甲子園前に双葉蓮がどんな人かは見ておきたいな」

さっき甘木光太郎に会ったことで、やはり全国進出には双葉蓮が最大の敵だと思い知った。何せその実力はプロゲーマークラスなのだから。実際にプレイしている姿を見れば、何か対策が立てられるかもしれない。

くるみがぽんと手を叩いた。

「そうだ。いい手がある」

「何？　いい手って」

「今から森堂学園に偵察に行こう」

「えっ、偵察」

「そうそう、ここって森堂に近いからちょうどいいよ」

「そんなのできっこないよ。森堂側が許可してくれるわけないよ」

「ぬははは、星海の諸葛孔明たる七瀬遊殿ともあろう者がとんだ戯言《ざれごと》を。敵に事前に諜報の通達をする軍がどこに存在するのでありますか」

くるみがこの口調になるとまずい。押してはいけないスイッチを押してしまったみたいだ。

「無理だって。止めようよ。ほらっ、森堂にバレたら怒られるし、学校に報告されるかもしれないよ。ゲーム部の評判がまた下がっちゃう」

「遊殿、何をおっしゃるか。我が部の評判はすでに地の底。海抜ゼロメートル地帯でありますぞ。これ以上は下がりようがありませぬ。さらに全国進出を逃せば我が部は廃部なのであります。取れる手はすべて実行に移すべきではありませぬか」

「……確かに」

思わぬ正論に遊がつい頷くと、くるみが元の声色になった。

「あっ、認めたね。この『春の嵐・森堂電撃大作戦』を」

もうコードネームまでついている。

「そうだ。双葉蓮は近忍だから成道君も呼ぼう。直接相対するのは成道君だもんねえ」

くるみと成道が揃ったら爆弾の累乗だ。「兵は拙速《せっそく》を尊《たっと》ぶ」とくるみがもうスマホで電話をしている。

「わかったなり。待っとるでえ」

くるみがそう言い、電話を切った。遊がそろそろと尋ねた。

「……成道君はなんて?」

「ダッシュで行くから待ってろだってさ」

満面の笑みでくるみが答え、「そうですか……」と遊はうなだれた。

4

一時間後に成道が合流してやってきた森堂学園は、三年前に新設した高校だそうで、まだ校舎が新しい。

興奮気味の成道が、くるみに確認する。

「おい、本当にその双葉ってのがいるんだろうな」

「わかんないけどいると思うよ。まだ部活の時間だし」

遊がびくびくと言った。

「でもどうやって中に入るの。僕ら星海の制服なんだよ」

違う制服が目立つのか、森堂の生徒たちが訝《いぶか》しげに見ている。くるみが目を見開いた。

「皆の衆、妙案を思いつきましたぞ。今から森堂の制服を入手し、それに身を包んで校内に潜入しようではありませぬか。これぞ偽装兵の術なり」

「どうやって制服を手に入れるの？」

「それはですな、その辺りの森堂の生徒三人の首筋に手刀をお見舞いし、気絶した隙に服をいただくのです。みぞおちへの一撃でも可なり」

胸を張ったくるみに、成道が吐き捨てる。

「何がバカバカしいのよ。じゃあ成道君は何か案があるの。否定をするのならば代案を持ってきたまえ、君ぃ」

「そんなもん普通に入ればいいだろ。ちょっと待ってろ」

成道が歩き出し、森堂学園の女子生徒三人組に話しかける。こちらの様子を窺っていた三人組だ。

くるみが合点するように言った。

「なるほど。敵方の婦女子をたぶらかし、我が軍へ引き込む作戦ですな。さすが星海の光源氏こと、女たらしの九条成道」

「誰が女たらしだ」

戻ってきた成道が、くるみの脳天にチョップする。「痛いなり」とくるみがその場でうずくまった。

成道が親指を立てて隣を示した。

「こいつらがゲーム部まで案内してくれるってよ」

三人組の頬が紅潮し、完全に虜《とりこ》にされている。モテるって凄いなと遊はつい感心してしまった。

星海と違ってスポーツマンタイプの人間は少ないみたいだ。遊のような体格に恵まれない生徒もあちこちにいる。

女子三人組が立ち止まり、その中の一人が口を開いた。

「ここです」

到着したのは体育館だった。くるみが慌てて言う。

「私たちゲーム部に行きたいんですけど」

「うちのゲーム部は体育館を使ってやってるんですよ。なんせ人数が多いんで」

「じゃあバレー部とかバスケットボール部とかはどこで練習してるんですか？」

「そんなのないですよ。うちってスポーツ系の部活がほんと人気ないんで。ほらっ」

彼女が指差した先にはグラウンドがあったが、まるで猫の額のように小さなグラウンドだ。

「これぞ星海学園のパラレルワールド」

くるみが漏らすと、「ほんとだね」と遊も同意した。森堂なら快適な学校生活を送れていたかもしれない。

「おまえらはここまででいい。もう帰れ」

そう言って成道が彼女たちを追い返す。その無愛想な対応に、彼女たちは怒るどころかはしゃいでいる。名残惜しそうにその場を立ち去っていった。どうして冷たくされて喜んでいるんだろう？　この現象も遊からするとパラレルワールドだ。

体育館の正面入り口から入ろうとしたので、遊は驚いて止めた。

「ちょっ、ちょっと待ってよ。どうする気なの？」

「何言ってやがる。双葉ってやつに会いにきたんだろうが」

怪訝そうに成道が口を曲げると、くるみがずいっと前に出る。

「成道君、交渉ならば部長の私に任せたまえ。拙者、花見流交渉術の免許皆伝者なのでな。舌先三寸で国を取る女と呼ばれておる」

念のために遊が尋ねた。

「……交渉って花見さんはどうするつもりなの？」

「そんなもの決まってるよ。であえ、であえ、我こそは星海学園ゲーム部の者なり。双葉蓮なる剛の者、姿を見せえ。いざ尋常に勝負」

「もっ、もういいよ。僕が訊いてくるから二人はちょっとここで待ってて」

成道とくるみに任せたら、どんな騒動になるかわからない。穏便なんて言葉がどこにもない二人なのだから。

とりあえず体育館の周りをぐるっと見渡し、誰かいないかを探る。双葉蓮がどこにいるかを誰かに教えてもらい、陰でこっそりその姿を確認すればいい。成道とくるみには今日はそれで満足してもらおう。

体育館の裏口の石段に、誰かが座っているのを見つけた。男子生徒が文庫本を読んでいる。

チタンフレームの眼鏡をかけていて、見るからに賢そうな顔立ちだ。ただ氷のように冷たい印象を受ける。眼前に氷壁が見えるぐらい声がかけづらい。できることならば他の人に訊きたいが、彼以外に人が見当たらなかった。

「すみません……」

彼が本から目線を外し、遊の方を見た。眼鏡の奥から覗かせるその感情が欠けた目を直視して、遊は息を呑んだ。

「なんだ」

低く、抑揚がまるでない声だ。

「ゲーム部の双葉さんってご存知ですか？」

「知ってたらなんだ？」

「どなたか教えてもらえたらなと」

「嫌だな」

その辛辣《しんらつ》な断り方に遊はどぎまぎした。空気を読むとか、和を尊ぶとか、周りに一切気を使わないタイプの人だ。

「双葉、何してる。練習再開するぞ」

体育館から誰かが出てきた。女性だけれど、勇ましい雰囲気を漂わせている。眉と目がきりっと上がり、凛々《りり》しい面持ちだ。

「えっ、今双葉って……」

震える指で差すと、彼がうっとうしそうに言った。

「そうだ。俺が双葉蓮だ」

まさか教えてもらおうと声をかけた人が、その張本人だったなんて。

彼女の方が警戒混じりに言った。

「あれっ、その制服って星海じゃ……」

「おーい、遊君、案内人は発見したあ？　間道《かんどう》のありかも教えてもらおうよ」

向こう側からくるみと成道がやってくる。まずい、と遊は青ざめた。

二人に気づき、森堂の女生徒が尋ねた。

「あんたたち、星海学園の生徒だろ？　ここで何をしている」

くるみが敬礼して答える。

「はっ、我々は星海学園ゲーム部であります」

「ゲーム部？　星海にゲーム部なんかあったのか？」

「五月に誕生したばかりのできたてほやほやの部であります。以後お見知りおきを。私はゲーム部部長・花見くるみ。こちらはゲーム部の孫子兼諸葛孔明こと七瀬遊、そしてそちらにいるのは我が部の狂犬・九条成道です」

「誰が狂犬だ」

成道が鼻の上にしわを寄せ、彼女が名乗った。

「私は森堂学園ゲーム部の波早栞《なみはやしおり》だ」

「あなたが噂の波早栞様！」

くるみが、まじまじと栞の胸のあたりを見つめている。

「どっ、ど迫力……これが森堂学園ゲーム部の秘宝『平蜘蛛《ひらぐも》』ですな。それに栞様は女武者みたいでかっこいい。まさに現代の巴御前《ともえごぜん》」

はしゃぐくるみに、栞が妙な顔になる。

「それでそこのロボットみたいなのが、双葉蓮」

「何、あんたが双葉蓮か」

成道が驚愕の声を上げ、くるみもたまげている。蓮が気だるそうに息を吐いた。

「だからなんだ」

「あんたがこの県のNo.1プレイヤーで、プロゲーマーにもっとも近い男なんだろ」

「それがどうした」

「俺はプロゲーマーを目指している。だから今から俺と勝負しろ」

そう成道が遠慮なく言い放つ。遊は頭が痛くなった。冷笑しながら蓮が文庫本を閉じた。

「九条とか言ったな、狂犬ってのは本当だな」

すかさずくるみが補足する。

「はい。狂犬病のワクチンは接種しておりませんのでご注意を。注射も去勢手術も嫌がりますものでな。ほんと困ったやつですよ」

人差し指で眼鏡を持ち上げ、蓮が遊の方を見た。

「星海のゲーム部ってのはまともなのがいないのか？」

「……すみません」

なぜか遊が謝るはめになった。栞が見かねて口を挟む。

「ダメダメ。いきなりやってきてうちと勝負なんかできるわけないだろ。練習試合をやってほしきゃ、ちゃんと顧問に言いな」

「俺は近忍だ。チーム戦じゃなくて、サシで勝負だ。１on１での勝負なら許可なんかいらないだろ」

栞が頭をガシガシと掻いた。

「なんで近忍ってのはこんなのばっかりなんだ。１on１だろうがなんだろうが、ダメなもんはダメだ。どうしてうちがぽっと出のゲーム部の試合を受けなきゃならないんだ。その辺の弱小校同士でやっとけよ」

「弱小校だと？」

「私の友達も星海にいるからよく知ってるけど、あんたのところはスポーツバカばっかりだろうが。ゲームうまいやつなんているわけがない」

そう栞が吐き捨てると、蓮が立ち上がった。

「いいだろう。九条、一戦だけやってやる」

「双葉、いいのかよ。先生もいないのに試合なんかやってよ」

「これは試合じゃない。ただ野良犬のしつけをするだけだ」

成道が敵意をあらわにする。

「言ってろ。その犬に吠え面をかかせられるのはおまえだ」

やれやれという調子で、蓮が声をこぼした。

「弱い犬ほどよく吠える」

体育館に入ると、遊は目を見張った。そこには四十人ほどの生徒がおり、皆がおそろいの緑の和柄のジャージ、部装束を着ている。

くるみがほくほくと言った。

「森堂学園は紗綾《さや》形、卍繋《まんじつな》ぎだね。素敵」

和柄の名称だ。

「いいね」

感激した様子でくるみが教えてくれる。

「紗綾形は『不断長久《ふだんちょうきゅう》』って意味があるんだよ。絶え間なく長く続くっていう意味」

「勝ち続けるってことだろうね」

絶対王者としての誓いと覚悟が、部装束にまで刻まれている。

人数分の小型モニターがずらっと揃えられ、大型モニターまである。ゲーム甲子園にエントリーする学校は主催者からゲーム機やモニターが支給される。星海学園にもすぐに送ってくれた。

ただこの数はそれだけでは賄《まかな》えない。つまり自分たちで購入しているのだ。ホワイトボードにはフィールドの全体図が描かれていた。戦略を練っているのだろう。体育館というよりは、ゲーム館といった方がぴったりくる。

遊たちがあらわれたので、みんながざわつきはじめた。栞が叫ぶ。

「集中を解くな！」

一同にびくりと緊張が走る。

くるみが遊の耳元でひそひそと言った。

「栞様は女軍曹でありますな。軍服を着て鞭《むち》を持っていただきたい。もちろん口に一輪の薔薇《ばら》をくわえて」

「……その格好はよくわからないけど、おっかないね」

森堂はずいぶん規律が厳しそうだ。

一番端にあるモニターの前の椅子に蓮が座り、横並びにあるもう一つのモニターを成道に顎で示した。

「それを使え」

成道は無言で座ろうとしたが、「ちょっと待て」と蓮が止め、何やら考え込んでいる。一体なんだ、と遊は戸惑った。その意味不明な間に、成道が声を荒らげた。

「おい、なんだよ」

「席を対面にするか」

蓮がモニターと椅子を向かい合わせにする。キャスターがついているので、移動は簡単にできる。

「妙だな」

ぼそりと栞が呟いたのを、遊は聞き逃さなかった。

「何がですか？　試合のときは対面にするのが普通じゃないんですか」

「まあそうなんだが、チーム内でやる1on1のときはあんなことはしないからな」

「おー、では双葉氏はこれを正式な果たし合いと認め、武家の作法に則ってくれたというわけですか」

感激するくるみに、「まあ、あいつの考えなんてよくわからんからな」と栞が腹に収めた。

ちらっとくるみを見ると、スマホで蓮をこっそり撮影している。さすが偵察というだけはある。遊に気づかれたことにくるみはバツが悪そうに言う。

「いやあ、『バチバチ』はさすがに緊張感がありますな」

「バチバチって？」

「なんだ。おまえバチバチも知らないのか？」

栞が首を傾げ、遊がしゅんとした。

「すみません」

「近忍同士のバトルをTONではそう言うんだよ。近忍は格ゲーに近いからな。1on1の勝ち負けにこだわりがあるんだよ」

「なるほど」

刀と刀で競う、武士の真剣勝負みたいなものなのだろう。

「というかなんでそんなことも知らないんだよ」

「僕、つい最近TONをはじめたばかりなんです」

「おまえ素人か。補欠が付き添いできたってことか」

くるみが訂正する。

「栞様、遊君は補欠ではございません。我が部のレギュラーです」

「呆れた。星海ってのは素人がレギュラーになれるレベルかよ。あの九条ってやつもたいしたことないんじゃねえのか」

「それは違いますぞ、栞様。宅の成道の刀をご覧あれ」

モニターを栞が見て、納得顔になる。

「菊一文字かよ。まあ箸にも棒にもかからないってわけじゃなさそうだな」

遊がモニターを見ると、すでに蓮のキャラクターが映っていた。忍者袴に森堂のジャージ、背番号は1だ。その立ち姿だけで威厳が漂ってくる。そこで遊は一つ違和感を覚えた。蓮の刀は成道の刀よりもさらに長いのだ。

「こんなに音が聞こえるんだ」

フィールドはコンクリートのビルだが、それよりも音の聞こえ具合にびっくりした。

さっき買ったヘッドホンをつけたのだが、聞き取れなかった音が鮮明に聞こえる。

「さすが遊君、耳がいいね」

そうくるみが感心すると、ヘッドホンから蓮のぶっきらぼうな声が聞こえた。

「練習があるから早めに終わらせるぞ」

成道が不敵な声で返す。

「言ってろ」

ゲーム画面の成道が駆け出すと、栞がついという感じで声を漏らした。

「速い。見事なダブルタップだな」

「でしょ。でしょ」

くるみが上機嫌で言い、遊の期待も膨らんだ。絶対王者である森堂学園の生徒が、成道の腕を認めてくれた。一方、蓮の方は微動だにしない。棒立ちで、刀すら抜いていない。

「もしかして早めに終わらせるってわざと負けるって意味じゃ」

遊の心配を、栞が笑い飛ばした。

「はっ、あの負けず嫌いがそんなことするわけねえだろ。まあ見てろ」

あまりに蓮が無防備なので、成道は一瞬躊躇したようだが、すぐに意を決したみたいだ。猛然と蓮に襲いかかる。防膜も間に合わないし、刀を抜いてないので受け太刀もできない。ダメージが入ると思ったが、蓮は鞘《さや》でその一撃を受けた。遊が呆然と声を漏らす。

「鞘で攻撃が受けれるの？」

栞が口角を上げた。

「『鞘受《さやうけ》』って忍具だよ。まあほとんど誰も使わない忍具だから知らないのも当然だ」

成道の連続攻撃を、蓮はいとも簡単に受け止めている。ほんの少しでも読みとタイミングを外せばダメージが入るはずだが、蓮は今のところノーダメージで対処している。信じられない受け太刀の技術だ。

ただ刀を鞘に収めたままなので、蓮は防御一辺倒だ。

「鞘受ってなんの意味があるんですか。あれじゃあ何もできない」

「普通はそうなんだが双葉が持つと意味がある」

栞が答えると、蓮がつまらなそうに言った。

「もういい。わかった」

蓮のキャラクターが後方に飛んだ。膝を落とし、刀の柄《つか》に手をかける。その構えを見て、遊ははっとした。

「居合抜《いあいぬ》きだ！」

栞が頷く。

「そうだよ。双葉は居合を使う近忍なんだよ。鞘受って忍具は居合にしか使えないからマイナーなんだ」

くるみが膝を打つ。

「なるほど。どうりで刀が『信国《のぶくに》』なのですな。居合の祖の林崎甚助《はやしざきじんすけ》の愛刀ですからな」

そこで遊は合点した。あの長刀は居合用なのだ。成道が憮然と言った。

「居合なんか当たるわけがない」

くるみが遊に説明する。

「刀を鞘に収めた状態だと忍術ゲージが溜まりやすいんだ。居合は一撃必殺の忍術で、相手が防膜を使っても倒せるほど威力が高いんだよ」

「超忍術レベルだね」

「うん。でも居合ってなかなか当たらないんだよね。しかも外したら隙だらけだし、鞘に刀を入れた状態では防膜はできないんだ。だから近忍で居合を使う人は稀なんだ」

「だろうね」

ハイリスク・ハイリターン。居合とはそんな技なのだろう。

蓮が距離を取ったので、成道も一旦引いた。柱の陰に潜み、飛び出すタイミングを探っている。初撃さえかわせば成道の勝ちは確定だ。

おそらく成道は、得意技である『分身』を使うだろう。

分身は使い手を選ぶ忍術だ。発動して動かしてみなければ、使い手自身もどっちが実体か分身かが区別がつかない。瞬時のうちに自分の実体を把握し、次の行動に移る必要がある。成道はその反応速度が異常なほど速い。

TONに人生を懸ける……成道のその覚悟が、空気までをも揺らしている。

突然成道の体が光で包まれると、その光が爆《は》ぜた。稲光を伴い、ぐんと加速する。

「雷足《らいそく》だ！」

くるみが驚愕の声を上げる。雷遁《らいとん》忍術で、稲妻のようにジグザグに動きながら高速移動ができる。敵の攻撃をかわし、一瞬で距離を詰められる移動忍術だ。成道が雷足を使ったのをはじめて見た。

一気に蓮との距離を詰めると、成道の体が二つに分かれた。

「雷分身！」

さらにくるみが叫んだ。連続忍術だ、と遊はぶるっと震え上がった。連続で忍術を使うには印を立て続けに繋ぐ必要があるため、とにかく難易度が高い。しかも雷足中に分身の印を結ぶなど、プロゲーマーの試合でもなかなかお目にかかれない技だ。

とんでもない速さだ……蓮の視点からだと何が起きたかすらわからないはずだ。

雷足を使いながらも、成道は瞬時のうちに自分の実体を見極め、蓮に向けて正確な一撃を放った。菊一文字の冷たい刃が、蓮に襲いかかる。

だがその瞬間、信じられないことが起きた。

蓮を斬った……遊がそう思った刹那《せつな》、何かが成道の足元から爆発した。それは炎の剣閃《けんせん》だ。蓮が斬られたのではなく、逆に成道が斬られたのだ。その蓮の背景には、剣を持った仁王が直立している。紅蓮《ぐれん》の炎が静かに揺らめいていた。迦楼羅《かるら》というインド神話に登場する聖なる鳥が吐くとされている炎だ。

遊が唇を震わせた。

「いっ、今のは……」

「超忍術の『不動明王《ふどうみょうおう》』だ。ああやって下から上に切り上げ、その剣閃上にいる敵を一気に倒せる。不動明王地爆之太刀《じはぜのたち》だ」

そう栞が教え、くるみが声をこぼした。

「不動明王……動かざる守護神」

「そういえば森堂のスタイルにぴったりの超忍術だな」

おかしそうに栞が笑うが、遊はそんな気分になれない。

あの一瞬の間で超忍術を使った。なんて忍速だ。だいたい超忍術は発動することすら難しく、実践で効果的に使われること自体がまれだ。なのに双葉蓮は、成道のすばやい攻撃を不動明王で迎撃した。そんなことができるのか？

成道が放心している。蓮がヘッドホンを外して立ち上がった。

「さあもういいだろ。帰れ」

我に戻った成道が目を剝いた。

「なぜだ。なぜあの『雷分身』がわかった。それに分身だと見抜いても、あの一瞬の間で不動明王を使うことなど絶対に不可能だ」

そう、それが最大の疑問だ。遊も印を結ぶ速度には自信があるが、あれほどの速さで超忍術の印は結べない。

「説明するのが面倒だ。自分で考えろ」

「なんだと」

「反射神経とセンスだけでやってきたんだろうが、おまえはただそれだけのプレイヤーだ。そんなやつはこの世界にはごまんといる。その程度でプロゲーマーなどになれるわけがない」

成道の顔面が蒼白になる。その成道を見下す蓮の眼差しを見て、遊は心底ぞっとした。敵の心を折り、骨までをも砕くような視線だ。

ダメだ。弱気は禁物だ。ゲーム部を廃部にさせないためには、絶対に気持ちで負けてはいけない。遊は腹に力を込め、太い声で呼びかけた。

「双葉さん」

「なんだ？」

「僕たち星海学園ゲーム部は、今年のゲーム甲子園で全国に行けないと廃部になります」

「それがどうした。俺たちと当たったら手を抜けとでもいうのか」

「いえ、本気できてください。僕たちは本気の森堂学園に勝って全国に行きます」

唐突な宣言に、さすがの蓮も表情を変えた。栞と、ちょうどこの会話を聞いていた他の部員たちも虚をつかれたような顔をする。だがすぐに、蓮以外の全員が笑い声を上げた。

栞が腹を押さえて言う。

「おまえが、うちに勝つってか。九条はともかく、おまえは最近ＴＯＮはじめたんだろうが？」

周りからどっと笑い声が起こる。すると蓮がすっと手を上げた。それを見て、一同が静まり返る。蓮が抑揚のない声で問うた。

「おまえ名前はなんて言った？」

「七瀬遊です。僕は自分のすべてをＴＯＮに、ゲーム甲子園に懸けます。そして森堂に勝ち、楽しく生き残ります」

今度は笑い声は起きなかった。琹や他の部員は呆気にとられている。

ただ唯一笑った人間がいた。それは、蓮だった。そしてその笑い声に、森堂の部員たちは耳を疑っている様子だった。

蓮がその笑みのまま言った。

「七瀬遊だな。その名前を覚えておいてやる。おまえのその覚悟をゲーム甲子園で見せてもらおう。俺たちのところまで勝ち上がってこい」

蓮への、絶対王者への怯えはもうない。遊はそれを自分に確認すると、

「わかりました」

そうしっかりと頷いた。

5

遊は狛犬町のビルの屋上に上がった。

ここにはインターホンがない。そろそろと扉を開けると、ちょうど目の前に環奈がい

た。

「あれっ、遊、どうしたの？　私に会いに来たの？」

「……それもあるけどその前に成道君に会いにきたんだ」

「お兄ちゃんならいるけど今は会えないよ。上の自分の部屋で絶賛ひきこもり中だから」

「絶賛ね」遊が苦笑する。やっぱり面白い子だ。

「じゃあずっと部屋から出てきてないの？」

「もう三、四日はそうだよ。お兄ちゃん部活で何かあったの？」

「TONの試合で強い人に負けちゃったんだ」

森堂で双葉蓮にやられた帰り道、成道は一言も喋らなかった。「さすが帝王。あの腕ならば将軍の武家指南役に推挙できますな」というくるみの軽口にもまったくのってこず、遊とくるみも気まずくなって、逃げるように家に帰ってきてしまった。翌日、部室に行くと成道はおらず、今日で部活を無断欠席して四日目となり、さすがに心配になって様子を見にきたのだ。

「ああ、やっぱりそうなんだ」

環奈がぽんと手を叩いた。

「やっぱりって何か心当たりあったの？」

「お母さんが言ってたけど、お兄ちゃんって小《ち》っちゃい頃、サッカーで強い人にコテンパンに負けると、部屋に引きこもって出てこなくなってたんだって」

「今とおんなじだね」

「うん。だからどうせゲームの試合で誰かに負けたんだろうってお母さん笑ってた」

やはり母親は子供のことならなんでもお見通しだ。

「じゃあ成道君がどうやったら部屋から出てきてくれるかお母さん何か言ってなかったかなあ？」

「もうお菓子にジュースが限界だから、好きなもの作ったら出てくるって。だからお金くれた」

「成道君の好きなものって何？」

「うなぎだよ」

そう環奈が答えた。


七輪の位置を成道の部屋の窓の下にする。ちょうど窓を開けてくれていたので好都合だ。七輪に炭火を入れて火を起こす。やったことはなかったが、火の起こし方の動画を見ればすぐにできた。うなぎの香ばしい匂いがあたりに立ち込め、遊は生唾を呑み込んだ。さすが最高級のうなぎだ。

成道の部屋から何やらごそごそと物音がした。

「そろそろだね」

遊と環奈が物陰に隠れると、すぐにカンカンと梯子を下りてくる音がした。笑いそうになるのを遊はどうにか堪えた。ゲーム部のみんながいたら大爆笑していただろう。

成道がうなぎに気づき、しゃがみ込んだ。「環奈ちゃん」と遊が促すと、環奈が虫取り網を手にして、そろそろと近づいていく。そして成道めがけて、網を振り下ろした。

「成道ゲットだぜ！」

「環奈、何しやがる」

頭から網を被った成道が、立ち上がった。そこで遊の存在に気づく。

「七瀬！　おまえの仕業か」

遊はどんぶりを手にして、笑顔で言った。

「成道君、お腹空いたでしょ。みんなでうなぎを食べようよ」

ラブホテルのピンクネオンに照らされながら、うなぎを食べる。

傍《はた》から見ればおかしな光景だが、遊は大満足だ。友達とその妹と一緒に最高のうな丼を食べる。ゲーム部に入らなければこんな体験もできなかった。またくるみに感謝したいことが一つ増えた。

うなぎで満腹になったのか、成道はひと心地つけた様子だ。環奈が部屋に戻ったところで、遊の方から切り出す。

「双葉さんに負けたのがそんなにショックだったの？」

成道は答えない。悔しげな表情をするだけだ。

「成道君は今のままでは双葉さんには勝てないと思う」

そこで成道が口を開いてくれた。

「てめえ、そんなくだらねえことを言いにきたのか」

「初心者の僕に言われても腹が立つよね。でも僕も素人なりに考えた。どうして成道君は負けたんだろうって。そしてその理由がわかった」

「……なんだ。言えよ」

遊はおかしくなった。成道は偏屈だけど素直なのだ。

「おそらくだけど、あの人は成道君の行動を全部数秒前に予測できていたんだ。成道君は性格、動きの癖、その他すべてを把握されていたんだ」

双葉蓮の目を見て、遊は直感でそう悟った。

「あいつと俺は初対面だぞ。そんなことができるのか？」

「わからないけど、それができるからプロゲーマークラスなんだよ」

不動明王を使ったのはそれで説明がつくとしても、蓮が成道の実体を見抜いた方法は想像すらできない。でも蓮ならば、まぐれ当たりなんて不確実なことはしない。

「プロゲーマー……」

成道が苦い顔で唇を噛むと、遊はきっぱりと言った。

「成道君、君はこのままじゃプロゲーマーになれない」

「なんだと」

「サッカーがダメだからゲームでプロになる。だいたいその考え方が甘いんだよ」

「おまえ、喧嘩売ってやがるのか!」

成道の形相が変わったが、遊は素知らぬ顔で続けた。

「成道君はここで僕に言ったよね。ゲームをなめるなって」

遊が成道をゲーム部に誘ったときだ。

「でも本当にゲームを、TONをなめてるのは成道君、君なんじゃないかな?」

「ふざけるな。俺は真剣にやってる」

「本当にそう言い切れる? 真剣にやってる人間が、双葉さんに惨敗して落ち込んでる暇なんてあるの? その間に他のプロゲーマーを目指すライバルたちは練習を続けてるよ」

痛いところをつかれたのか、成道が黙り込んだ。

成道の反省と気まずさが、周囲の音を消しているみたいだ。舌に残っていた山椒のしびれを遊は感じた。

「くそっ」

成道が叫んだ。それから自分の拳を頬に叩きつけ、うずくまる。

「大丈夫?」

「なんでもねえ」

成道が立ち上がった。頬が赤くなっているが、これが成道なりの気合いの入れ方なのだろう。

成道が気炎を吐いた。

「俺は双葉の野郎に勝つ。ゲーム甲子園でな」

体中にやる気がみなぎっている。立ちなおってくれたみたいだ。

「じゃあ成道君、『分身撃ち』を極めよう」

「分身撃ち? なんだそりゃ」

「実は僕は足音で分身か実体かを聞き分けられるんだ。なら成道君の分身越しに忍弾を撃てる」

ヘッドホンを使って気づいた特技だ。

「なるほど。俺の斬撃《ざんげき》におまえの攻撃を重ねられるというわけか」

さすがに呑み込みが早い。

「俺が囮《おとり》になるのは気に食わねえが、ゲーム甲子園まで分身撃ちを磨くのは悪くねえ」

「ありがとう」

遊はぞくぞくした。遊と成道二人にしかできないこの連携技ならば、双葉蓮を倒せるかもしれない。

遊は深く息を吐き、夜の空気を肺いっぱいに吸い込んだ。それが胸の炎をあおり、さらに勢いを強める。その熱を声に乗せた。

「成道君、僕には負けられない理由がある」

成道が妙な顔をする。

「全国に行かなきゃ廃部になるからだろうが」

「もちろんそれもあるよ。でもそれ以外にもう一つある。僕の母さんのことだ」

「……おまえの母親がどうかしたのかよ」

「前に僕の母さんが入院しているって言ったよね」

成道が頷いた。

「そういや言ってたな」

「母さんは僕の身体が弱いのは自分のせいだと思ってる。僕をスポーツができる丈夫な身体に生んであげられなかったのは私の責任だって……」

病室でそっと涙をこぼす円の姿が、また頭の中でゆらめいた。

「でも今の僕にはＴＯＮがある。ゲーム部がある。だから母さんに、僕がゲーム甲子園の全国大会で活躍する姿を見せてあげたい。少しでも早く」

黙り込んでいた成道が訝しげに訊いた。

「……どうしてそんな大事なことを俺に話すんだ」

「僕たちはコンビだからだ」

「コンビか……」

そう成道が漏らすと、わずかに頬が緩んだ。

「おまえとコンビなんて気に食わねえが、全国に行くためだ。いいか。死に物狂いで練習するぞ」

「死に物狂いだけじゃダメだよ」

「何？　どういう意味だ」

「死に物狂いで楽しく練習しよう。それが星海学園ゲーム部だから」

遊は晴れやかな顔でそう返した。

6

遊が部室に入ると、すでに全員が集まっていた。

くるみが腕組みをし、鼻息荒く言った。

「遊君、遅いぞ」

「ごめんね」

今は夏休み中だが、遊たちは毎日学校に通っていた。絶対に全国に行く……全員が一丸となり、猛練習に励んでいた。

由良がくるみの横に並んだ。

「くるみん、とうとうこの日が来ましたな」

今から何をするのかを由良は知っているみたいだ。

「うん。産みの苦しみとはこのことだったね。由良りん」

二人で感激に浸っているので、成道が苛立った。

「おい、またおかしなことやるんじゃねえだろうな」

くるみが鼻で笑った。

「何がおかしいことがあろうか成道殿。これほど重要な儀はござらんぞ。皆の者、目ん玉かっぴらいてとくとご覧あれ」

そう言うと壁にかけられていた幕に手をかけ、勢いよく外した。

それを見て、あっと遊は声を上げた。

そこには五枚のジャージがあったのだ。その下には同じ模様のTシャツまである。

「部装束だ」

遊が嬉々として言うと、くるみが満足そうに頷いた。

「そう、その通り。いよいよ一週間後に予選だからね。ようやく完成したんだ」

達成感に満ち溢れた顔で由良が言う。

「本番に間に合って何より」

そのジャージを、遊はしげしげと見つめる。柄は星七宝《ほししっぽう》で、色は藍色だ。

「なるほど。星七宝が『星』で、藍色が『海』を表現しているんだね。星海学園ゲーム部にぴったりだ」

そう指摘すると、くるみが指を鳴らした。

「さすが、遊君。よくわかってる。背中も見てよ」

ジャージを手に取ってみた。星海学園ゲーム部という文字の下に、紋が描かれている。部紋だ。

「すごくいいね。この紋」

「月星紋《つきぼしもん》だよ。窮地に陥った武将が、空から落ちてきた星のおかげで勝利したという伝説から作られた紋だよ」

「へえ、なんかうちにぴったりだね」

このゲーム部はずっと崖っぷちだ。

「北辰一刀流《ほくしんいっとうりゅう》で有名な千葉家の家紋でもあるね。それを私と由良りん流にアレンジしたんだ。気に入ってもらえてよかった」

ほっとした様子でくるみが言い、促した。

「さあ、皆の衆、早くこの聖衣《セイントクロス》を装着し、我々が夢見た完全体に変身しようではないか。いざ新世界へ」

全員で着替える。くるみと由良の二人は別室だ。部装束のジャージとTシャツを着ると、伊織が胸をなでおろした。

「よかった。サイズぴったりだ」

一人だけ特大サイズだ。そういえば一ヵ月ほど前にくるみが採寸をしていたことを思い出した。

遊も着てみるとしっくりくる。成道と伊織を見て笑顔で言った。

「やっぱり部装束っていいね。みんなでお揃いの衣装を着ると気合いが入るね」

「何ガキみたいなこと言ってやがるんだ」

ぶっきらぼうに言いながらも、成道の表情が緩《ゆる》んでいる。ゲーム甲子園の象徴といえば、この部装束だ。TON好きならば、誰もがこの衣装に憧れる。

くるみと由良二人もよく似合っていた。特にくるみは可愛らしすぎて、遊は直視できなかった。

「みんなばっちりだね。じゃあ背番号を決めよう」

くるみが感慨深そうに言った。

「俺は9にする」

間を置かずに成道が口を開くと、遊がすぐに察した。

「成道君はサッカーの背番号もそうだったもんね」

くるみが関心を示した。

「へえ、成道君は9が好きなんだ」

「そうじゃなくてサッカーでは9番はストライカーがつけるんだ。点取り屋の証みたいなもんかな」

「なるほど。成道君って感じだね」

成道の番号に触発されたのか、伊織は1番、由良は4番を選んだ。1番はゴールキーパー、4番はセンターバックがよくつける番号だ。

「僕は何にしようかな」

特に好きな数字なんてない。すると成道が命じた。

「七瀬、おまえは『10』にしろ」

「えっ」

遊が声を詰まらせたので、くるみが眉を上げた。

「何？　10はサッカーでどんな意味があるの？」

「うん。『司令塔』っていう意味なんだ」

「司令塔！　まさに遊君にぴったり」

伊織もそれに賛同する。

「そうだね。10番はサッカーじゃエースナンバーでもあるし、七瀬君にふさわしいよ」

「ですな」と由良も首を縦に振っている。

「ありがとう。じゃあ僕は10番にする」

遊が早速10と入力すると、スマホに10番の部装束を着た遊の姿が表示された。照れ臭さと誇らしさ、そして責任感が胸の中に去来する。

サッカーどころか運動すらできない遊が、エースナンバーをつける。TONに出会う前では、そんなこと想像すらできなかった。

背番号が決まると、くるみが提案をした。

「さあ、みんなで記念写真を撮ろう」

シャッターボタンを押したくるみが素早くこちらにやってくる。

シャッター音が響く。

「ばっちり！　集合写真史上、最高の出来なり！」

「これで準備万端。いよいよ本番だね」

そう遊が声に力を込めると、全員が頷いた。その頼もしい面持ちと部装束姿に、遊は胸を躍らせた。

この仲間がいれば、絶対に全国に行ける。

その確信が胸に染み込むのを感じながら、遊は拳を固く握り締めた。

第3章　ゲーム部、本番！

1

「久しぶり」

「そうだな。最近全然会ってなかったもんな」

浮かない顔の善が、ベンチに座ってそう返した。

ここは図書館のロビーだ。明日がゲーム甲子園本番なので練習したかったが、どうしてもと善に呼び出されたのだ。遊は善の隣に腰を下ろした。

「善、大活躍だったじゃないか。一年生なのに点も決めてたしさあ」

ついこの前のサッカーの試合だ。星海学園はインターハイに出場していた。

「点を決めても勝てなければなんの意味もない。優勝を狙ってベスト8止まりだぞ。完全に俺の実力不足だ」

責任感の強い善らしい答えだ。

「それより遊、どうして応援に来てくれなかったんだ」

善の試合は毎年欠かさず応援に行っている。

「ごめん。練習があって」

「練習ってゲーム部のか」

「うん、もうゲーム甲子園間近だからね」

一瞬善の目の影が濃くなり、遊は胸をつかれた。子供の頃からの付き合いだが、善のこんな目は見たことがない。

やがて善が、腹に据えかねたように切り出した。

「……遊、やっぱりおまえゲーム部辞めろよ」

突然の言葉に、遊は激しく狼狽した。

「……なんで。サッカー部に入って欲しいってこと」

「いや、それよりもゲーム部そのものが問題だってことだ」

「どうしてだよ。この前は応援するって言ってくれたじゃないか」

「おまえがゲーム部を作ったんでそのことをみんなに話したら、周りからいろいろ聞くんだよ。特にうちの顧問の溝端《みぞばた》先生からな」

溝端は、高校サッカー界では名将として知られている。

「顧問の新免先生にだいぶ問題があるってよ。あの人、教師陣の中で相当煙たがられているらしいぞ。特に校長先生からはな」

それは容易に想像がつく。溝端は校長の派閥だ。それでなくとも新免と溝端の相性は悪
そうだ。

「新免先生はちょっと癖があるけどいい先生だよ」

これは遊の本音だ。心の底から信頼できる先生に出会えたと思っている。

「それに遊、おまえ俺に隠してることがあるだろ」

真顔で善が問い詰めてくる。

「……何も隠してないよ」

「嘘つけ。おまえゲーム部に九条成道がいることを言わなかったな」

鼓動が一瞬止まったような気がした。いつか善の耳に入るかもしれないと思っていたが
……。

「……ごめん」

ここは素直に謝るしかない。

「でも善やサッカー部のみんなが思っているほど成道君は悪い人じゃないよ」

「狛犬町に出入りしてるようなやつがか」

「成道君のことをよく知らないのにそんな言い方はないだろ！」

我知らずと声を荒らげてしまった。

善の表情が強張る。正気に戻った遊が、反省するように言う。

「ごめん。おっきい声出して」

「……九条がどういうやつかはひとまずどうでもいい。それより溝端監督が九条に対して相当怒っている。スポーツ推薦でサッカー部に入らないならまだしも、新免先生が顧問のゲーム部に入ってるんだからな。九条は溝端先生がスカウトした。だから溝端先生からすれば面子《メンツ》を潰されたようなもんだ。いいか、遊、おまえが思っている以上にゲーム部は学校中を敵に回している。校長先生と溝端先生は確実にゲーム部を潰す気だ」

遊は下唇を噛んだ。

「遊、今ならまだ間に合う。ゲーム部を辞めてサッカー部に来い」

「行くわけない。溝端先生のその話を聞いたら余計にね。なんて愚かな人なんだ」

「遊、おまえ、溝端先生をバカにするってことは、親父さんもバカにするってことだぞ」

「父さんは関係ないだろ！」

反射的に怒鳴り声を上げる。溝端は、父親の誠司が選手のときにも監督をしていた。誠司の代で優勝してから、溝端は名将と呼ばれはじめた。

「結局善は、サッカーが、運動ができない僕をバカにしてるんだ。憐れんでるんだ。そんな同情真っ平御免だ」

善が声を絞り出した。

「……おまえ、本気で言ってるのか」

「ああ、本気だよ」

善が悲しげな目を浮かべたが、それをかき消すように湿った息を吐いた。そしてベンチから立ち上がった。

「もういい。勝手にしろ」

そう言い残すと、善は去っていった。

その背中を見て、遊は胸がうずいた。軽快なドリブルで、元気よく家路を帰る。善の背中はいつも変わらずそうだった。なのに今は、その背中が泣いているようだった……。

2

「とうとう本番だね」

「うん」

体育館のロビーでくるみが頷いた。よく寝られなかったのか目が充血している。

周りを見渡すと、部装束を着た生徒がうろうろしている。とうとう地区予選当日を迎えた。想像できうる限りの最大限の努力をしてきた。あとはそれを発揮するだけだ。

「あっ、遊君お守りいっぱいだね」

くるみが遊の鞄を指差した。

「母さんが持たせてくれたんだ」

遊の知らない間に、円が勝負事の神様が祀《まつ》られている神社を巡ってくれていた。またそんな無理をしてと遊は叱ったが、その気持ちは嬉しかった。

伊織、由良、成道もあらわれる。伊織と由良は緊張気味だが、成道は平然としていた。

最後に新免がやってきた。

「どうですか、先生」

くるみがポーズをとって、背中の部紋も見せる。

「いい部装束じゃないか。馬子にも衣装とはこのことだね」

いつもえびす顔の新免だが、今日は格別に嬉しそうだ。

善の話を聞いてから、より新免への信頼が強くなっている。新免は身を挺して、ゲーム部を守ってくれているのだ。

ふと善との喧嘩《けんか》を思い出しそうになり、遊は慌ててかぶりを振った。余計なことを考えていては試合に専念できない。

全員が集まったので、実際に試合が行われる競技フロアにいく。フロアには無数のゲーム機と小型モニターと大型モニターがあり、ブロックごとに区分けされている。たくさんのスタッフが準備を進めていた。

ぐるっと囲まれた観客席も人でいっぱいだ。普通のスポーツ部の試合よりも観客が多い。

くるみが鼻を高くして言った。

「どう、凄いでしょ。ゲーム甲子園は」

「盛り上がってるね」

「これがTONの人気なのだ」

この雰囲気の中で試合ができるのだ。恥ずかしくない戦いを見せなければならない。

試合の前に、遊はトイレの個室に入った。用を足し終えてから出ようとすると、

「ほんと森堂と反対側のグループでよかったよな。一回戦の吹石《ふきいし》も、二回戦の名城《めいじょう》東《ひがし》も
たいしたことないからな」

誰かの声が聞こえ、遊は動きを止めた。小便器の前で人が話しているのだ。

名城東は遊たちの一回戦目の相手なので、話から類推すると、同じグループの穂高《ほだか》高校の生徒だ。なかなかの強豪校だとくるみが言っていた。

もう一人、別の声がした。

「おい、先の二回戦のことを考えたら吹石に足をすくわれるぞ」

「おまえは考えすぎなんだよ。吹石は去年もその前も一回戦負けじゃないか」

そのデータは遊も知っている。だから遊たちも、名城東に勝ったあとの二回戦目の相手は、穂高高校だと予想していた。

すると彼が、警戒気味に声を落とした。

「なんかさっき聞いたんだけど、吹石に転校生が来たそうだ。そいつがかなりの腕だって話らしいぞ」

「まあ実力者が一人入ったところでたいしたことないだろ」

二人の声が消えたので遊が扉を開けると、同時に隣の個室から何者かがあらわれた。

「あっ、ゆうゆうじゃん」

遊はぎょっとした。偶然にも、プロゲーマーの甘木光太郎が用を足していたのだ。光太郎が大はしゃぎで言う。

「うんこも一緒だなんて、ほんとゆうゆうとは気が合うなあ。やっぱり試合前のうんこは欠かせないよね」

「……そうですね」

大人でこれだけ『うんこ』というワードを連呼する人がいるのか……本当に新進気鋭の天才プロゲーマーなのか疑いたくなる。

「一緒に並んでうんこをした仲だから、ゆうゆうの試合は絶対見させてもらうよ」

「……ありがとうございます」

とりあえずそう礼を述べた。

トイレを出てみんなの下に戻ると、すでに他のブロックでは試合がはじまっていた。ゲームミュージックと声援があちこちで飛びかっている。一回戦から相当な盛り上がりだ。

きょとんと遊が眉を上げる。

「あれっ、新免先生は？」

不服そうにくるみが答える。

「なんか屋台の食べ歩きするんだって」

「えっ、僕たちの試合は見てくれないの？」

新免が信頼できるというのは前言撤回だ。やっぱりよくわからない人だ。

「それより遊君、あれを見たまえ」

くるみが斜め上を指差したので目で追いかけると、二階席の柵に横断幕が飾られていた。その文字を読み上げる。

「『楽しく生き残れ　星海学園ゲーム部』」

以前喫茶店で決めたゲーム部のモットーだ。

「花見さん、ありがとう。あれを見て気合いを入れるよ」

「苦労した甲斐があったぜい」

くるみが親指を立てて片目をつぶった。

「さてと、そろそろ戦闘モードに入りますか」

由良が眼鏡を外し、髪の毛を後ろでくくりはじめた。伊織がびっくりして尋ねる。

「冬野さん、眼鏡とったら見えないんじゃないの？」

「心配御無用。私は視力２・０でありますからな。これは男よけ用の伊達《だて》眼鏡であります」

由良がまっ赤な大きなリボンでポニーテイルになると、くるみが絶賛した。

「由良りん、可愛い。艶やかな黒髪に目にも鮮やかなリボン。美少女だ」

くるみの言う通り、眼鏡を取ると人目を惹くほど綺麗になった。今までは大ぶりの眼鏡をかけていたので、表情がよくわからなかったのだ。

「冬野さん、そっちの方が絶対いいよ」

伊織がやたらと興奮し、髪を揺らして由良が答える。

「これぞ我が最終形態『眼鏡を取ったら美少女モード』であります。この美貌で敵の男子の油断を誘い、背中から一気につき刺す！」

「おおっ、さすが由良りん、場外戦法も仕掛けるとは」

感心するくるみに、遊が疑問を挟む。

「でも冬野さん、男嫌いなのに男子が好きそうな格好で戦うの？」

「勝利のためには個人の思想や哲学は除外し、使える武器はなんでも使うというのが我が冬野家の流儀ですので」

くつくつと由良が肩を揺すった。

試合前にトレーニングモードで調整となった。コントローラーを手にして鳥に標準を合わせようとすると、大きくぶれてしまう。その瞬間、遊の全身から汗がふき出した。

もう一度試みるが結果は同じだ。練習でならば簡単にできることが、ちっともできない。落ちつけ、落ちつけ。そう何度も自分に言い聞かせるが、照準のぶれは増すばかりだ。

遊の異変に気づいたのか、伊織が訝しげに尋ねた。

「どうしたの、七瀬君？」

「ううん、なんでもないよ」

本番間近にエイムが合わないなんて、口が裂けても言えない。

ちらっと練習中の名城東の選手を見る。ゲーム部だがちょっとガラが悪そうだ。男子高特有の、よどんだ雰囲気を醸し出している。

試合前に選手八人が整列する。由良が科《しな》を作り、上目遣いで名城東のメンバーを見ると、彼らの頬がまっ赤になった。

由良の口元に、不敵な笑みが浮かぶ。

「ふっ、女子に飢えた男子高生ほど手玉に取りやすいものはない。愚かなり」

ずいぶんと楽しそうだ……スタッフが声をかけた。

「キャプテン、前へ」

ゲームなので審判はいないが、スタッフが審判の役割をしてくれる。

名城東の方は、髪を逆立てた目つきの悪い男が前に出た。大平《おおひら》という名前で、名城東のキャプテンだ。そこではたと気づいた。ゲーム部の部長はくるみだが、キャプテンを決めていない。

「おい、七瀬。早く行け」

成道が顎で促し、遊はたじろいだ。

「えっ、僕がキャプテンでいいの」

「何言ってんの？　最初からそうだったじゃない」

不思議そうに伊織が言い、由良も似たような表情をしている。今の状態の自分がキャプテンでいいのか……スタッフが急き立てた。

「星海学園、早くしてください」

「すっ、すみません」

遊が一歩進み出ると、大平が嘲笑《ちょうしょう》混じりに言った。

「なんだ。てめえみたいなのがキャプテンなのかよ」

安い挑発だとわかっているのに動揺してしまう。スタッフがコインを手にして尋ねる。

「表か裏かを決めてください」

「えっ」

混乱する遊を、大平が鼻で笑った。

「おいおい、おまえ公式試合もやったことねえのかよ。これでフィールドの選択権を決めるんだよ」

コイントスなんてまるでサッカーみたいだ。大平が選択権を得て、場所は『難波《なんば》』で決まった。大阪の繁華街だ。

踵を返すと、「楽勝だ。あいつら公式試合もやったことねえ」という大平の声が背中に響いた。

はっとして成道の顔を見たが、成道は眉一つ動かさない。ただ内心では腸《はらわた》が煮えくりかえっているだろう。

くるみの下に戻ると、全員で円陣を組む。高ぶった様子でくるみが声を発する。

「本日天気晴朗ナレドモ波高シ。私たちの負けられない戦いがいよいよはじまるよ。みんな頑張ろうね」

おうっと他の三人がかけ声を上げるが、遊は緊張の渦に呑み込まれていた。負けられない戦い……その言葉が、頭の中でがんがんと鳴り響いている。

席に座り、ヘッドホンを装着してコントローラーを持つ。バクバクと心臓が飛び出そうなほど高鳴っている。

選手全員が画面に表示された。大平は1番で、他は5番、11番、23番だ。大平は近忍だった。

頭の中でルールを再確認する。フィールド中央の『陣』と呼ばれる真ん中に塔が立っている。その塔の頂上には、『忍玉』がある。その忍玉に触れる、もしくは相手チームを全滅させれば1点だ。3点で1セットが取れ、2セット先取した方が勝利となる。

試合がはじまった。巨大な蟹《かに》や海老《えび》の看板や、たこ焼き屋が乱立している。目がチカチカするようなフィールドだ。

早速成道が先陣を切り、気炎を吐いた。

「1点も与えずに勝つぞ。俺たちの実力を見せつける」

「了解」と伊織と由良が応じるが、遊は喉が詰まって何も言えない。

道頓堀《どうとんぼり》の橋の中央に、グリコの看板のビルがそびえ立っている。あの上に忍玉があるのだ。

遮蔽物《しゃへいぶつ》のカニを無視して、成道が陣をつっ切る。意表を突かれたのか、遅れて敵の5番が成道を忍弾で撃つ。それを成道は、防膜を使わずに華麗にかわす。防膜中は攻撃もできず、足も止まるからだ。

「5番任せて」

伊織と5番が戦い始めると、遊の視界に23番が入った。銃口が遊に向けられている。防膜！　そう頭ではわかっているのだが、指が動かない。

23番が狙撃し、遊にダメージが入る。続けざまに攻撃されるも防膜できず、遊は呆気なく倒された。

「何してやがる、七瀬！」

成道の叫び声が響くが、遊は呆然としている。攻撃どころか、防御すらできない……。

モニターでは成道が大平に突進していく。大平が刀を構えて受けの体勢を取ると、成道の体が二つに分かれた。分身だ。その直後、成道が大平を袈裟《けさ》斬りにする。

「早い！」

観客席の誰かが声を上げる。あまりの速攻に、大平は受太刀どころか防膜もできない。

続けざまに成道が11番を落とし、伊織の土遁《どとん》忍術『槌投《つちなげ》』が5番に襲いかかる。槌がブーメランのような軌道で襲いかかる忍術だ。それで5番を打ち倒した。

『残り1』と敵の数が表示された途端、それが0になった。由良の闇遁《やみとん》忍術『八咫烏《やたがらす》』が、遊を倒した23番を仕留めていたのだ。

「瞬殺だ！」

くるみが叫ぶと、会場からどよめきが生じる。人数不利の三人の状態で、四人を圧倒したのだ。よほどの実力差がないとこの光景はお目にかかれない。けれど遊の胸に喜びは一切なかった。

自分はなんの役にも立たなかった……胸の中は、その情けなさで満ち溢れていた。

「どうしたの、遊君？　お腹でも痛かったの？　私正露丸《せいろがん》持ってきてるけどいる？」

試合が終わると、くるみが心配そうに訊いた。星海はそのまま名城東を制圧し、見事勝利を収めたのだ。

遊が声を震わせ、正直に打ち明ける。

「指が、指がまったく動かないんだ……」

遊は一切戦力になれなかった。邪魔にならないように、遮蔽物の後ろに隠れることしかできなかった。伊織がなぐさめるように言う。

「無理もないよ。七瀬君、公式試合自体がはじめてなんだから」

成道が真顔で咎めた。

「はじめてだろうがなんだろうが次の試合もこの調子なら、俺たちは確実に負けるぞ。七瀬、おまえ自身の問題なんだ。おまえがどうにかしろ」

「わかった……」

そう遊が頷いたが、手の震えは一向に収まらなかった。

3

名城東戦が終わると、遊たちはモニターのトーナメント表を見つめていた。

ちょうど隣のブロックの試合が終わり、『穂高高校対吹石高校』の結果が表示される。

星海学園の二回戦目の相手は、吹石高校となった。

「えっ、吹石高校が上がってきたんだ」

意外そうにくるみが声を上げた。くるみの見立てでは、二回戦目は穂高高校だった。

成道が責めるように言った。

「いきなり予想外してんじゃねえか」

くるみが額のわきを指で掻いた。

「すまんこってす。でもおかしいなあ。吹石は去年一回戦落ちだったんだけどなあ」

伊織がモニターを指差した。

「1セット目が3対0で、2セット目も3対0だって……」

由良が淀んだ声で言う。

「さっきのうちの名城東戦よりも戦績が上です」

遊が慌てて尋ねる。

「花見さん、穂高は結構強いって言ってたよね」

「うん。だから対策も入念に立ててたんだけど」

「……去年一回戦負けの吹石がなんで穂高を完封できるの？」

伊織が疑問をこぼすと、遊は思い出した。

「あっ、そういえばさっき穂高の人が話してた。吹石に転校生が入って、その人がかなり凄いって」

くるみが合点する。

「なるほど。じゃあその転校生のおかげで吹石が勝てたんだ」

「でも一人強い人が入っただけで2セットとも完封だなんて……」

不安そうに伊織が漏らし、遊は胸が詰まった。自分がこのままの状態だったら吹石には勝てない……その冷たい恐怖が胸のうちに広がっていく。

すると一際大きな歓声が起きた。びっくりして扉の方を見ると、他の高校の部員たちが登場してくるところだった。

その見覚えのある紗綾形の部装束に、遊は慄然とした。森堂学園だ。優勝候補の森堂学園が、初戦にあらわれたのだ。ただ登場しただけなのに、どの試合よりも歓声が大きい。さすが優勝常連校だ。

先頭は波早栞だ。女性だが体軀《たいく》がよくて、胸を張って歩いている。威風堂々という感じで、とにかく迫力がある。栞だけは袴を穿いていた。

くるみがときめくように声を弾ませる。

「おおっ、栞様が先陣を切っておられる。本日もなんと袴姿の似合うことか」

由良が尋ねた。

「くるみん、あの方が波早栞様ですか？」

「うん。この前森堂に行ったときに会ったんだ。現代の巴御前。ボリューミーな秘宝『平蜘蛛』を特別拝観させていただいたのだ。ありがたや、ありがたや」

そうくるみが手を合わせて拝み、由良が栞を凝視する。

「確かに一見の価値はありますな。噂に違わぬ、凜々しいお顔立ちとグラマラスボディ。あのような飛び道具は私にはございませぬ」

「栞様」という男性陣の野太い声に、女性陣の黄色い声も重なる。もちろんその中にはくるみと由良も含まれている。

その直後、会場にどよめきが生じた。双葉蓮が最後に出てきたのだ。無表情で、にこりともせずに歩いている。

県内No．1プレイヤーの登場に、各校の選手たちの雰囲気が明らかに変わった。栞のときとは違い、恐れが混じっているようだ。

ふと隣を見ると、成道が蓮を睨みつけている。まるで飛びかからんばかりの眼光で、感情が剝き出しだ。

両チームが整列する様子を見て、遊は頓狂な声を漏らした。

「えっ、双葉さんも波早さんも出ないの」

蓮と栞は後方に控えている。くるみがその様子を見て言った。

「そうみたいだね。飛車角抜きだ」

信じられない。もしここで敗れれば、森堂は終わってしまう。成道が不快そうに舌打ちした。

「余裕かましやがって。おい、花見。あいつらの相手はどれぐらいの実力だ」

くるみが即答する。

「北那須《きたなす》高校は結構強いよ。去年は準決勝まで行ってるし。一回戦目から強豪同士の激突だね」

「じゃあ森堂がここで敗退もあるな」

にやっと成道が笑うと、由良が口を挟んだ。

「戦力を出し惜しみして負けるパターンですな」

くるみが肩を揺すり、快活な声を上げた。

「くくくっ、森堂めぬかりおったわ。戦力の逐次投入はこれ悪手なり！」

「ここに来て軍師の差が出ましたな、くるみん将軍。森堂の軍師は歩兵からやりなおすべきですな」

「まあそういうてやるな由良殿。エリートほど実践になると脆いものだからのお。紙の上の数字だけで戦が勝てると思うておる」

このモードになると、二人は本当に楽しそうだ。

森堂のメンバーが円陣を組んでかけ声を上げる。「森堂！　森堂！」と観客席から大きな声援が起こり、鳴り物が響き渡る。部員数、応援団、人気、すべてが桁違いだ。

しかし試合自体はすぐに終わってしまった。森堂があっという間に2セットを取ったのだ。しかも完封勝利で、相手の北那須高校は1点も取れなかった。

蓮、栞がいなくても、森堂はこれほどまでに強いのだ……その圧勝劇に、くるみと由良は放心するように口を半開きにしている。だが成道は、覇気のある声で言った。

「こいつらを絶対に倒す」

その視線は、まっすぐ双葉蓮に向けられていた。以前蓮に折られた心は、もう完全に復活している。以前よりも太く、たくましくなって。ただ遊は、双葉蓮を見ることすらできなかった。

「おーい、ゆうゆう」

一人で会場からフロアに出ると、光太郎に声をかけられた。

「ゆうゆう、どったの？　試合見てたけどお腹の調子でも悪いの？　俺、正露丸持ってるからあげようか？」

プロゲーマーにあんなふがいない試合を見せてしまったのか、と遊はまた落ち込んだ。

「……緊張して指が動かないんです」

「ああ、なるほど。ゆうゆうはそっちタイプね。俺とおんなじだ」

「甘木さんと同じ？　甘木さんは緊張なんてしないでしょ」

「まあ緊張じゃないけどね。俺、弱い相手だとぜんぜん力でなくてさ、監督にも怒られるんだよ。でも韓国のチームとかめちゃくちゃ強い相手だと俄然燃えて、いつもより実力が出せるんだ」

「韓国のチームですか」

「うん。韓国はＴＯＮの強豪国だからね。世界一のチーム相手の試合なんかアドレナリン出まくるもん」

笑顔で光太郎が頷く。そうか、光太郎の相手は世界なのだ。自分とは次元が違いすぎて、相談したこと自体が心苦しくなる。

「ゆうゆうもそうじゃないかな。さっきのチームはゆうゆうが本気出すには弱すぎたんだよ。チームがピンチになったときこそ、ゆうゆうは本領発揮できるんじゃない」

「ピンチのとき……」

「じゃあ次の試合も見るからね。今度は面白い試合見せてよ」

光太郎が颯爽《さっそう》と立ち去ると、遊はほんの少し気持ちが楽になった。

第2試合開始時刻となり、吹石高校が整列する。

事前の調整でもエイムが大きくぶれていた。緊張は依然変わらず、遊の心にへばりついている。

スタッフに呼ばれ、遊と吹石高校のキャプテンが前に出た。三日月目で、体型と顔の形がお餅みたいだ。

「吹石高校の児玉春近《こだまはるちか》です。いい試合をしよう」

「星海学園の七瀬遊です。よろしくお願いします」

差し出された春近の手を握り返す。手も柔らかくてお餅みたいだ。春近がちらっと成道の方を盗み見る。

「彼が噂の菊一文字の分身使いかな」

さっきの名城東戦で、成道は一躍注目の選手になったらしい。

「そうです」

「そうか、分身使いね……」

意味深に春近が言い、遊は身震いがした。この人は余裕がある、強そうだ……。

コイントスで遊が負けて、フィールドの選択権は吹石となった。遊はどうもコイントスが苦手みたいだ。

フィールドは北海道となった。「僕、前は北海道にいたんだ」と春近が上機嫌で言う。円陣を組んで声を上げてから着席する。コントローラーを持つ手が震え、遊は絶望的な気分になった。

選手八人が表示される。吹石の構成は、近忍2・中忍1・遠忍1。背番号は春近が18番で中忍だ。その他が19番、55番、51番だ。どれも有名な野球選手がつけている番号なので、野球にちなんでいるみたいだ。

成道が口を開いた。

「あの児玉春近って野郎が噂の転校生なんだろ。じゃあ俺が分身であいつを崩す」

意欲満々で成道が言い、遊は喉まで出かけた言葉を呑み下した。慎重に展開した方がい い。そう口にしたかったが、自分はこの有様なのだ。助言を控えてしまう。

ゲームがスタートする。背景に広い北海道の牧場と富良野《ふらの》のラベンダー畑が見える。陣は札幌《さっぽろ》の大通り公園みたいだ。このフィールドの塔は時計台となっている。文字盤の中央に忍玉が埋め込まれていた。

ここの遮蔽物は巨大な牧羊だった。成道はそれを無視して陣に向かう。遅れて遊と伊織がついていく。

陣内に入ると、春近を含めた吹石高のメンバーが向かってくる。こちらが速攻でくると読んでいたようだが、その陣形が気になった。

近忍の19番と55番が春近の前方に立ち、春近を守るようにしている。あれでは前の二人が邪魔して、春近が攻撃できないではないか。TONでは味方の攻撃が当たってもダメージが入る。

由良が早速19番を狙撃するが、防膜で防がれてしまった。しかも膜の色が濃く、弾丸が当たる音が通常よりも甲高い。

「防御寄りの近忍だ」

遊が即座に指摘する。おそらく防膜強化の忍具を入れているので、防膜が通常より分厚いのだ。守り重視の戦法をとっている。

「ちっ、児玉を狙えねえ」

成道が舌打ちする。春近を狙うのに、あの二人が邪魔をしている。これでは分身撃ちが使えない。

成道が55番に斬りかかるが、それも防膜で対処されてしまう。19番同様、防膜を強化している。しかも55番と19番は防御一辺倒で、攻撃をする気配がない。そして春近も、19番と55番の後ろに控えているだけだ。

遠忍の51番は伊織と由良に任せ、遊は19番に狙いを定めた。だがエイムが合わず、忍弾はあさっての方向に飛んでいく。その逸れていく水の弾丸を見て、遊は頭がまっ白になった。

一方で成道が、とうとう55番の防膜を割った。一度防膜を壊せば、また膜が張れるようになるまで時間がかかる。膜のない状態ならダメージが入る。絶好の攻撃チャンスだ。

そのときだ。55番と19番が横にずれて、春近のために射線を空けた。春近と成道が対峙する形となった。

その春近の立ち姿を見た瞬間、遊は総毛立った。さっきまでとは雰囲気が違う。春近の忍甲に包まれた手が、成道に向けられた。印を結んで忍術を使おうとしている。

成道が分身を使い、二つに分かれた。その刹那、春近が忍弾を放った。春近の手から巨大な虎が飛び出し、その咆哮が響き渡る。

『虎筒《とらづつ》』だ。

射程距離は短いが、大砲のような一撃を放てる強力な忍術だ。ただエイムがずれている。成道がかわしたと思った瞬間、その体が大きくのけぞった。なぜだ、当たってないのに……。

これまで防御一辺倒だった55番が突然動き、成道に追撃の一刀を放つ。成道が倒されてしまった……。

まずい、と遊が焦っている間にも、春近が遊に二発目の虎筒を撃ってくる。遊もそのまま倒されてしまった。

二人がやられては勝負にならない。伊織と由良はすかさず忍術『離脱』を使う。離脱を使うと、忍術ゲージを次のターンに持ち越せる。だから負けと判断したときは、離脱を使い次のターンに懸ける。これもTONの重要な駆け引きだ。

大事な先制点を取られてしまった……成道が悔しげな声を漏らす。

「くそっ、あの転校生、虎筒の使い手だ」

伊織がうなるように応じる。

「吹石はあの近忍二人が児玉さんを守って忍術ゲージを貯めてから、虎筒で一気に崩す作戦なんだ」

遊は奥歯を噛みしめた。サッカーでいう守りを固めてからカウンター攻撃というところだろうか。攻略するのが非常に厄介だ。はっとして遊が尋ねる。

「でもあの虎筒、成道君に当たらなかったよね。エイムがずれていたように見えたけど、なんでダメージ受けたの」

伊織が冷静に分析する。

「虎筒は射程距離は短いけど、直撃しなくてもその爆風のダメージが入るんだよ。攻撃の有効範囲がでかいんだ」

「それって……」

「ああ、分身キラーだ」

成道が苦い声を漏らした。つまり成道の天敵が春近なのだ。

0対1……その点数を見て、遊は背筋が凍った。負けたら終わりな試合で、早くも出ばなをくじかれた。

しかも成道の分身が通用しない。こちらの必勝パターンが封じられてしまった。

となれば自分の調子が元に戻らなければ絶対に勝てない。けれど緊張と焦りが鎖となり、遊を封じている。一体どうすればいいのだ……。

そのときだ。

「七瀬氏！　負けるな！」

客席からの声に反応すると、そこに電波のアンテナのようなシルエットがあった。佐伯と二人の生徒が、立ち上がって手を振っている。雑草研究部が応援に駆けつけてくれたのだ。

「七瀬氏、ピンチをチャンスに変えるのが、雑草魂でありますぞ」

その佐伯の叫びで、遊は光太郎の言葉を思い出した。

チームがピンチになったときこそ、ゆうゆうは本領発揮できるんじゃない……遊は拳を固めると、自分の頬を思い切り殴りつけた。激痛が走り、その箇所が熱を帯びる。歯が折れたかと思うほど力を込めてしまったが、それぐらいしないと、この弱気とふがいなさは追い出せない。

伊織が目を丸くして訊いてくる。

「なっ、七瀬君どうしたの？」

「なんでもない。みんな、次は僕が先陣を切る」

「それはいいけど……」

不安そうな伊織に、成道が頷いた。

「よしっ、そうだな七瀬、今度はまずおまえが行け」

「ありがとう」

「あと、その自分殴りは俺の専売特許だ。使うならまず俺に許可を取れ」

にやりと成道が言い、遊も頰を緩ませた。

「わかった。でもこの一回で十分だよ」

第2ターンがはじまった。宣言通り、遊が先頭を走る。遮蔽物の羊を無視して陣内に駆け込んだ。とにかく一発を当てる。まずはそこからだ。

春近たちも遅れて陣内に入ってくる。遊は19番に照準を合わせるが、まだ狙いが定まらない。だが必ず当てると決めたのだ。

左手で右の手首を摑み、ボタンを押した。手が震えるなら強引に押さえ込めばいい。忍弾が19番に放たれ、防膜で弾かれる金属音が響いた。

「やった！」

思わずそう叫んだ。左手を離し、続けざまに連射するとまた命中する。エイムがぶれなくなってきた。手の震えが消えて練習通りのことができる。

由良が快活に言った。

「やりましたな、七瀬氏」

その響きで、由良が本当に心配してくれていたのが伝わってくる。

「もう大丈夫。ごめん、みんな待たせて」

「よしっ、あとは俺に任せろ」

成道が嬉々として叫ぶと、モニター上の成道の体が光った。雷足だ。雷足で春近の虎筒をかわす気なのだ。雷のようにジグザグに動き、成道が春近に迫っていく。だが信じられないことに、春近の虎筒が再び直撃した。あの電光石火の動きに、ピタリとエイムを合わせたのだ。

成道が倒されればどうしようもない。遊たちはすぐさま離脱した。

点数が0対2になる。あと1点取られたら、吹石に1セット先取される。自分が立ち直れた喜びなど一瞬でかき消えてしまった。

遊が呆然と漏らす。

「児玉さん、エイム力まであるのか」

あの雷足のすばやい動きにエイムを合わせるなんてとんでもない芸当だ。

成道が苛立ったように返す。

「エイム力というよりあの野郎、当て勘がとんでもねぇ」

「当て勘って？」

「本能的に敵が来るタイミングがわかるんだ。あいつ、俺のようなスピードで勝負する近忍をカモにしてやがる」

しかし次のターンも吹石に取られ、星海学園は1点も取れないまま1セット目を落としてしまった。

放心状態で、遊たちはくるみの下に戻った。このセットの合間に何か手立てを講じなければ、2セット目も落としてしまう。そうなればゲーム部は廃部だ……。

くるみが軽快に手を叩いた。

「次だね。次。気持ちを切り替えよう」

そう励ましてくれるが、全員が気落ちしている。伊織がすがるように訊いた。

「新免先生はどこ？」

この切羽詰まった状況なのに相変わらず新免の姿はない。浮かない顔で、くるみが首を横に振る。成道が吐き捨てた。

「何してやがるんだ。こんな緊急事態に」

くるみが笑って手を振る。

「大げさですなあ。まだ1セット取られただけじゃない」

由良がぼそぼそと応じる。

「……ですがくるみん、相手の虎筒使いは成道氏の天敵ですぞ。分身も雷足も、さらには七瀬氏との分身撃ちも封じられておるのです」

「うちの決め手が全部抑えられてるからね……」

そう伊織が沈んだ声で重ねると、くるみがきょとんと眉を上げる。

「なんで？　成道君がダメでも、うちには遊君がいるじゃない。遊君があの児玉春近を倒せばいいんだよ」

「僕が？」

つい自分を指差してしまう。

「そうだよ。うちは二人エースがいるからね。成道君が止められるなら遊君が行けばいいじゃん。もう遊君は復活したんだしね」

あっけらかんとくるみが言い、遊はなんだか笑ってしまった。他の三人も仕方なさそうに肩の力を抜いた。この明るさに救われる。やっぱりこのゲーム部の部長はくるみだ。

成道がふっ切れたように言う。

「しゃあねえ。七瀬、おまえに児玉を任せる」

「わかった」

「言っとくが俺は逃げたわけじゃねえからな。おまえにおいしいところを譲ってやるだけだ。感謝しろよ」

「わかったってば」

遊は苦笑した。伊織が問題点を口にする。

「でもどうやって児玉さんを崩すの？　あの盾の近忍をどうにかしないと、児玉さんまで攻撃が届かないよ」

くるみが間髪容れずに答える。

「遊君の『縄跳《なわとび》』ならどうにかなるよ。あの陣形は縦には強いけど、横には弱いからね。縄で回り込んで側面から撃てばきっと崩せる」

縄跳とは、縄を使って動き回る移動忍術だ。くるみからの指示で、遊は縄跳を習得していた。伊織が顔を輝かせる。

「なるほどね。児玉さんの当て勘がいくらすごくても、横撃はすぐに対処できないもんね。縄跳にエイムを合わせるのは難しいし、縄跳の使い手はめったにいないから」

「わかった。児玉さんは僕に任せて」遊が頷く。「あと一つ作戦があるんだ。２セット目開始早々『玉取り』を狙おう」

「ぎょっ、玉取り！」

全員が仰天し、伊織が急いで止める。

「むっ、無理だって。すぐにやられるよ」

「そうだね。大事な最初のターンで玉取りなんてまず誰もやらない」

玉取りとは開始早々いきなり塔に駆け上がり、忍玉をかすめ取る奇襲戦法だ。忍玉を取れば1点入るが、人数有利でもない状態で忍玉を狙っても、格好の的になるだけだ。

伊織が眉を開く。

「でしょ」

「でもありえない一手だからこそ、吹石の、児玉さんの意表をつける。やる価値はあると思う」

くるみが声を高くした。

「おおっ、兵は詭道《きどう》なり。さすが星海の孫子・七瀬遊だ！」

「奇襲戦法で敵の裏をかく。吾輩の好みですな」

由良が舌舐《したな》めずりすると、切っ先鋭く成道が言う。

「その忍玉を取りに行くのは俺だな」

遊が首を縦に振る。

「もちろん。一番速く動けるのが成道君だからね。僕たちを無視して単騎で忍玉を取りに行って欲しい」

くるみがさらに発奮する。

「単騎駆け！　我が部の狂犬を北海道の野に放ち、羊を追い込むのですな。狂犬を牧羊犬に抜擢するとはさすが遊君。君は人材術もマスターしてるのか」

由良が重ねる。

「成道氏、忍玉をビーフジャーキーだと思うのですぞ」

「うるせえ、いい加減にしろ。こんな大事なときに」

そう成道が声を荒らげるが、表情には喜びの色がかいま見える。ようやく打開点が見出せたからだ。

「まずは玉取りで奇襲。その次のターンは七瀬の縄跳で攻めるぞ」

「了解」と全員が声を上げた。

「さあ、まずは1点だよ」

くるみが送り出してくれ、2セット目の開始となった。着席すると対面の春近と目が合い、遊は咄嗟に顔を伏せた。何か企んでいる匂いを、わずかでも嗅ぎ取られたくない。

試合がはじまると、成道が早速飛び出し、風のように駆けていく。速い。速力アップの忍具に、ダブルタップを使っている。

遊も全力でその後ろを追いかけると、陣が見えてきた。成道がつっ込んでいく先に、吹石のメンバーが目に入った。その瞬間、遊は血の気が引いた。

遊の予想よりも陣に接近している。遅攻ではなく、向こうも速攻でやってきた。さっき遊が春近を見ていたことで、何かすると勘付かれたのだ。

「成道君、中止だ。玉取りがバレてる」

だがその指示も成道が相手にしない。

「いや、行ける。雷足を使う」

もう忍術一つ使えるぐらいはゲージが溜まっている。遊は相手との距離を目測した。雷足を使ってもギリギリ届かない。成道が塔に登る最中に、春近の射程圏内に入る。

「無理だ。間に合わない」

「間に合う！」

成道が息を吸う音が聞こえ、おもむろに叫んだ。

「『雷直《らいちょく》』！」

モニターの成道の体がぼやっと光った途端、炸裂音がした。体全体が雷光と化し、爆発的に加速する。忍術発動の瞬間は雷足と同じだが、その軌道が違う。稲妻のようなジグザグの軌道ではなく、一直線で駆け抜けていく。だから雷直なのか、と遊は合点した。ちょうど忍玉のある時計台の手前で、雷直の効果が切れた。

「うまい」

その絶妙なタイミングに、遊は感嘆の声を漏らした。雷直の発動効果を最大限に生かしている。その勢いのまま成道が時計台に駆け上がり、忍玉に触れて1点が入った。

観客が一気にどよめいた。大事な最初のターンで玉取りなど、どのチームもまずやらないからだ。興奮を隠さずに遊が尋ねる。

「成道君、今の『雷直』って雷足の応用版?」

成道が安堵の声で応じる。

「そうだ。雷足はジグザグの稲妻軌道と一直線の軌道の二つがあるんだよ」

由良がにやりと言う。

「コソ練の成果ですな。偏屈王改め、『コソ練王』と命名しましょう」

「誰がコソ練王だ」

そう成道が顔をしかめるが、遊は嬉しくてならない。いつの間にかこんな隠し技も身に付けていたのだ。

それから前に向きなおり、春近の顔色を窺った。さっきとは違い、動揺の色が浮かんでいる。やっと春近の思考にノイズがかかった。

全員の気が緩んだのを感じたのか、伊織が声に力を込めた。

「問題は次のターンだね」

成道が同意する。

「そうだ。あんな奇襲戦法二度は使えねえからな。七瀬、おまえにかかってるぞ」

「わかった。『縄跳』を決めるよ」

成道が取ってくれた先制点を無駄にはしない。次は僕がやる番だ、と遊は自身のネジを巻きなおした。

1対0の状態から次のターンがはじまる。今度は成道も全員と足並みを揃えている。羊の遮蔽物の前まで来ると、遊は由良に言った。

「冬野さん、羊に隠れて姿を見せないで。こちらの『裏取り』を意識させるんだ」

「さっき奇襲が決まりましたから、もう一度奇襲と思わせるのですな。いい手でありまする」

由良が褒めてくれた。フィールドの両脇には通路がある。その通路を抜ければ、相手側のフィールドに侵入可能となり、側面と背面から敵を攻撃できる。当然死角からの攻撃は刺さりやすい。これが裏取りと呼ばれる戦法だ。

通路は壁が邪魔して見えないので、両チームとも裏取りの警戒を怠らない。だから相手に裏取りを意識させるのも大切な戦術の一つだ。

陣内に入ると同時に吹石側もあらわれた。さっきの玉取りのおかげで動きに迷いが見える。TONにおけるメンタルコンディションの要素は大きい。

遠目に51番が見えた。忍銃の銃口が左右にぶれている。由良の姿が見えないので、裏取りを警戒しているのだ。おかげで正面の圧力が削れた。

成道、伊織が攻撃するも、相変わらず55番と19番の防膜は硬い。まさに鉄壁だ。あれは忍術を使わないと攻略できない。

そろそろかと遊は腹に力を込め、吹石の三人に目を凝らした。縄跳の難点は、印を結んだあと忍弾を当てることにある。縄跳は空中に球を出し、それを支点にしながら移動する。ただでさえ移動しながら敵にエイムを合わせるのは困難なのに、縄跳は弧の軌道で動くため、難易度が飛躍的に上がる。

だがあれだけ練習してきたのだ。心が揺れれば手も揺れる。絶対に当てるという断固たる決意を、遊はその両手に込めなおした。

55番と19番が横に動き、春近の射線を空けた。春近が印を結びはじめる。その動きに合わせて成道が分身を使った。春近へのフェイクだ。

今だ、と遊は素早く印を結び、縄跳を発動させる。右斜めに球が浮かび、それと縄が繋がる。そのまま遊は跳躍し、移動をはじめる。

春近に照準を合わせ、遊はボタンを押した。完全に春近の虚をつけたので、防膜もできない。印を結んでいる間は膜を張れないのだ。だから虎筒を撃とうとするこのタイミングを狙った。

一発目の忍弾が命中する。

気を緩めない。自分の先の動きを予測して、続けざまに照準を合わせる。ここが肝心だ。連続して当てなければ意味がない。

二発目も当たり、春近の体が水の弾で揺れる。手が勝手にエイムを合わせてくれた。練習の成果が実戦でも出せている。

三発目は春近の防膜が間に合ったが、成道の一刀がそれを割り、由良の狙撃で春近を打ち倒した。

「よしっ」

快哉《かいさい》の声を成道が上げ、遊も胸を弾ませた。この試合ではじめて春近を完璧に攻略できた。残り3と画面に表示されると同時に、成道、伊織、由良が残りの敵を攻撃した。一挙に二人を倒し、遠忍の51番は離脱した。春近という支柱を崩せば、このチームはもろい。これでもう1点が追加され、2対0になった。

伊織が喜びの声を上げた。

「やったね、七瀬君。縄跳大成功だ」

「うん。みんなのサポートのおかげだよ。特に成道君の分身フェイントは助かった」

成道がふんと鼻を鳴らした。

「あいつはただのフェイントじゃひっかからないからな。あれでおまえが縄跳を外してたらぶっとばしてたところだ」

外さなくてよかったと遊は息をこぼした。

遊の縄跳で次のターンも春近を倒し、1点が取れた。これで3対0となり、2セット目は星海学園が奪取。これで振り出しに戻り、次の3セット目で勝敗が決まる。

くるみの下に戻ると、くるみが全員に紙パックを配る。

「みんな、よくやったぞ。糖分だ。糖分を摂りたまえ。さあ、この激甘ミルクティーを呑んで」

一口呑むと、胸が焼けるような甘さだった。でもその甘さが疲れた脳を癒してくれる。

伊織がしみじみと言う。

「それにしてもあの児玉春近って人、本当に強いね」

「……うん。強い」

3対0に持ち込めたとはいえ、すべてが薄氷を踏むようなギリギリの攻防だった。

くるみが補足するように言った。

「さっき試合の合間に調べたけど、児玉春近は去年、前の学校でゲーム甲子園の全国大会に行ってるよ。しかもベスト8まで進出してる」

「えっ、全国ベスト8」

放心したように伊織が呟いた。

「……じゃあ児玉さんは全国区のプレイヤーなのか」

強い、強いと思っていたが、まさかそこまでの実力者だとは想定外だ。

くるみが興奮して叫んだ。

「森堂の双葉蓮以外にも意外な伏兵が登場ということですな。ぬぬっ、まさしく世は乱世、群雄割拠の時代なり！　血が滾《たぎ》るぜい」

「うるさい、バカ。みんな見てるだろうが」

そう成道が叱ると、「失敬、失敬。軍議の最中でしたな」とくるみが手を口で塞いだ。

仕切りなおすように成道が言った。

「とにかく次のセットも七瀬中心で攻めるぞ。全国区かもしれねえが、児玉の野郎はまだ縄跳に対応できてねえ」

遊が首を縦に振る。

「うん、わかった」

とうとう運命の3セット目だ。これを落とせばすべてが終わる……緊張感が膨れ上がり、胸が苦しくなる。伊織、由良も顔がかちこちになっている。何せ相手は、ゲーム甲子園全国経験者なのだ。

するとくるみがわくわくした顔で言った。

「この張り詰めた空気がたまらんですなあ」

伊織が呆れて言う。

「……花見さん、ずいぶん嬉しそうだね」

「そりゃそうだよ。だってこのヒリヒリ感が味わえるのもゲーム甲子園の醍醐味じゃん」

醍醐味……そうだ。自分はこの緊張感を味わいたくて、部活に入ったのだ。サッカー部の試合のような激闘を、ひ弱な自分が経験できている。

「それにラッキーだよ。森堂戦の前にこんな大一番を体験できるんだから。しかも相手は双葉蓮クラスの選手なんだよ」

「自分が戦わないからと思って気楽なこと言いやがって」

成道が肩をすくめ、くるみが笑顔で返した。

「いやあ、部長特権ですな」

和やかな声で由良が言う。

「くるみんは先陣には立たずに本陣に腰を据えて指揮するタイプの武将ですな」

「そう、由良りん、まさしくそれ。それがしは日露戦争でバルチック艦隊を撃破した東郷《とうごう》平八郎《へいはちろう》タイプなのだ。眼前に砲弾が飛び交おうが、顔色一つ変えませんぜ」

そうくるみが声を弾ませ、伊織の表情も緩んだ。くるみのおかげで緊張が消え、やる気が満ち溢れてくる。

全員で円陣を組むと、遊はその熱を声にして放った。

「さあ、勝ちに行こう。楽しく生き残ろう」

「おうっ！」

全員がそう声を上げた。

着席して準備を整えると、第3セットがはじまった。

陣内に入ると由良が一気に距離を詰め、51番を撃った。これまでとは違い、積極的に前に出ていく。遠忍の由良が一番に攻めてきたので、吹石側に動揺が走ったように見えた。

由良の叫び声が響き渡る。

「『闇雨鴉《やみうがらす》』！」

高難度の闇遁忍術だ。くるみに言われて由良が習得したものだ。

無数の鴉が空の一部を覆い尽くし、漆黒の雨雲を形成する。そこから黒い雨が降り注ぐ。その不気味な雨雲は、春近の方へと向かっていく。この雨に濡れると敵にのみダメージが入るのだ。

うまい、と遊は一人唸った。春近たちは守りを固めて動けないので、闇雨鴉の格好の標的となる。由良はこのために前線に上がったのだ。

「今のうちに攻めるであります」

急かすように由良が言うと、成道と伊織が19番と55番の防膜を砕きにかかる。それと同時に遊は縄跳の印を結んだ。浮かんだ球体を支点に、中空に飛ぶ。

素早く春近がこちらを向く。完全に読まれていた。遊は一瞬慌てたが、すぐさま自分に言い聞かせる。大丈夫だ。当たるわけがない……。

遊が春近に狙いを定める。照準がぶれずに一発、二発と当たったが、ダメージを受けながらも、春近の印を結んだ手がこちらを向いた。

その瞬間、遊は凍りついた。春近の照準が合っている。春近が虎筒を放ち、咆哮とともに虎が牙を剥いた。風をまとった猛虎が遊に襲いかかる。

やられた……遊はそう目を閉じかけたが、モニターが切り替わっていない。まだ生き残っている。直撃ではなく、爆風でダメージを負っただけだ。

その隙に、由良が春近を狙撃して倒した。いつの間にか51番を撃破してこちらを援護してくれていたのだ。

残り2となり、19番、55番が離脱した。これで1対0、由良の活躍のおかげで大事な3セット目の先制点が取れた。

幸先のいい出だしだが、遊は動揺を隠せなかった。春近はもう縄跳に対応してきた。

伊織がまっ先に尋ねてくる。

「七瀬君、今の児玉さんの攻撃は？」

「……直撃は免《まぬが》れたけど、爆風は当てられた」

「嘘でしょ……」

ありえないという気持ちが声に滲み出ている。伊織は縄跳の練習相手をしてくれた。だからこそ、その攻略の難しさを知っている。あの縄跳の独特な軌道に通常の忍弾ではなく、虎筒のような難度の高い忍術を合わせてきたのだ。

これで確信した。春近は、紛れもなく全国区の選手だ。

「強い。児玉さんは本当に強い」

うめく遊に、成道が静かに言った。

「七瀬、次も縄跳だ」

「でも……」

「児玉に対応されそうならそれを上回れ。あいつを超えないで森堂に勝てるわけがないだろ」

「……わかった」

成道の言う通りだ。今日ここで春近を超えていく——その覚悟を遊は胸に刻み込んだ。

しかし次のターンは吹石に取られてしまった。

遊の縄跳に、55番が『風斬《かぜぎり》』で対抗したのだ。風をまとった斬撃を飛ばせる忍術で、刀で中距離攻撃ができる。春近だけを意識していた遊は、完全にふいをつかれた。さらに春近の虎筒が炸裂し、成道と伊織が倒された。

これで1対1の同点となる。つい疑問が口から漏れ出た。

「どうしてあの55番、縄跳を使うタイミングがわかったんだろ」

遊が中空を飛んだ直後に風斬を合わせられた。

成道が即答した。

「縄跳は術が発動するとまず空中に球が出現する。それで七瀬が縄跳を使うタイミングを計って、風斬の印を結んだんだ。縄跳に忍弾のエイムを合わせるのが難しいが、風斬の攻撃範囲はでかいからな」

「縄跳対策にはもってこいの忍術だね。児玉春近のアドバイスだろうけど……」

感心と恐れが混ざった声を、伊織がこぼした。

全員が沈黙し、淀んだ空気が遊に覆いかぶさる。成道に続き、遊も防がれつつある。春近という怪物が追い詰めてくるひたひたという足音が、全員の耳朶《じだ》を打っている。その不気味な響きが、みんなの口を封じているのだ。

成道が抑えた声で命じる。

「七瀬、次は縄跳を使うな。魚弾で55番をやれ。俺が児玉を相手する」

由良が意見する。

「児玉春近は成道氏の天敵でありますぞ。またけちょんけちょんにやられるだけです。まだ七瀬氏の方が勝ち目があります」

成道がいきり立った。

「うるせえ。俺はここであいつを超えていく。たとえ相性最悪の天敵でも俺は絶対に勝つ」

その烈火のような響きには、成道の決意と信念が込められていた。

「わかった。次のターンは成道君に春近さんを任せよう」

そう遊が応じた直後、第3ターンがはじまった。成道がすかさず言う。

「忍術ゲージが二つ溜まってから攻める」

遅攻だ。遊たち星海学園は速攻が持ち味だが、成道には何か手があるみたいだ。

羊の遮蔽物の前で待機する。吹石側も遅攻を選んだようで、陣内には入ってこない。

一見退屈な膠着《こうちゃく》状態に見えるが、観客からは不満の声は上がらない。お互いが無傷の4対4のまま、忍術ゲージを二つ溜めての戦いは派手なぶつかり合いとなる。これから一瞬たりとも目の離せない攻防がくり広げられることをみんな知っている。

成道の忍術ゲージが二つ溜まった。

「行くぞ」

成道が飛び出し、遊と伊織があとに続く。55番と19番が間を置かずに、春近の射線を空けた。成道同様、春近にももう虎筒二発分が溜まっている。

成道が春近に向けてまっすぐ突進する。無謀すぎる、と遊は色を失った。あれでは格好の的ではないか。

虎筒の射程距離に入った。春近が虎筒を放つ直前で、成道が叫んだ。

「雷後直《らいこうちょく》！」

成道の体が稲光に包まれ、ぎゅんと後退した。まるで高速で時間を巻き戻したみたいだ。そうか、雷直はバックもできるのだ。

その直後、春近が虎筒を撃った。だが成道はその一瞬前に、虎筒の射程圏外に出ている。ノーダメージだ。すかさず成道が声を上げる。

「雷直！」

今度は間を置かず、雷直で一気に距離を詰める。この刹那に、高難度の連続忍術をやってのけた。虎筒の射程距離の短さを逆手に取ったのだ。成道の斬撃がまともに春近に入り、春近を打ち倒した。

残り3と表示されると、吹石側は全員離脱した。春近がやられたら離脱というのがチームの決め事になっているらしい。

客席から今日一番の大歓声が上がった。成道のスーパープレイにどよめきと称賛の声が巻き起こる。かっこいいという女性からの黄色い声が炸裂していた。

これで2対1となり、あと1点取れば星海学園の勝利だ。

「凄いよ、成道君。雷直をバックで使うなんて。練習してたの？」

絶賛する伊織に、成道が荒い息のまま返した。

「そんなわけねえだろ。今ぶっつけ本番でやったんだよ」

雷直を後ろ向きに使って虎筒の射程から逃れるという規格外の発想力と、そこから間髪容れずに雷直を繋ぐ反射神経と技術。底が知れないゲームセンスにただただ圧倒される。

これが九条成道なのだ……。

成道が、落ちついた声で呼びかけた。

「七瀬。次はおまえの番だ。おまえもあいつを超えてこの試合にケリをつけろ」

「……了解」

そう首を縦に振ると、遊は自分の胸に誓った。

負けない。春近にも、そして成道にも。相棒として成道に必ず追いついてみせる。

その覚悟が、遊の脳裏にある閃きを生んだ。これならば春近を攻略できるが、その難易度は破格だ。できるか……その不安の気泡が消えないうちに4ターン目が開始となる。迷いを切り捨て遊が口を開く。

「僕も忍術ゲージを二つ溜めたい。遅攻で行こう」

伊織が反応する。「魚弾を二発使うの？」

「いや、縄跳を使う」

そこで由良が助言する。

「また55番の風斬にやられるでありますよ」

「大丈夫。二度はやられない」

このターンで成道のように自分も進化してみせる。

「よしっ、七瀬に任せるぞ」

成道が言い、「了解」と他の二人がそれに応じた。

また羊の遮蔽前で待機すると、「9番だ。菊一文字に注目しろ」という声が客席から聞こえてくる。いい傾向だ。春近の遊への警戒が薄れる。

吹石もまた遅攻を選んだ。さっきと同じ緊迫感が、場内に満ちていく。

忍術ゲージが二つ溜まると、成道が声を上げた。

「行くぞ。俺が囮になる」

そう一気に飛び出していく。だが今度は、19番と55番は春近への射線を空けない。遊が本命であることを春近に見抜かれた。

「くそが」

やむをえず成道が19番につっ込み、19番は分厚い防膜で対処する。

遊は口の端から息を吐き、鼻からゆっくりと吸い込んだ。取り込んだ酸素が音符になり、頭の中でピアノの音が鳴り響く。

黒鍵と白鍵を思い浮かべながら、遊はすかさず縄跳の印を結んだ。空中に球が浮かぶと、55番が風斬を発動させはじめた。またタイミングを読まれた。

その直後、遊はかき鳴らした音楽を逆再生した。左から右に流れる譜面を、右から左へと一気に動かす。そのイメージと連動するように、指がなめらかに動いた。

縄跳とは逆に印を結ぶと、空に浮かんだ球が消えた。コマンドを逆入力すると忍術が取り消せる。忍術キャンセルという技だ。上級者はこれをフェイントで使用するらしい。

55番は風斬を止められず、飛ぶ斬撃は中空へと消えていく。あの球を目印に風斬を発動させるのならば、この縄跳キャンセルには必ずひっかかる。遊の読みが当たった。

だが勝負はここからだ。もう一度縄跳の印を結ぶ。さっきよりも速く、正確に。春近はもう虎筒の構えを取っている。遊が何か対策を講じてくることを想定しての、二段構えの戦略だ。

燕《つばめ》が滑空するように、遊は低く低く飛んだ。これだけ低空飛行だと55番の体が邪魔をして、春近は虎筒を使えない。

その刹那、高速で魚弾の印を結ぶ。頭の中では超絶技巧の曲を奏でる。一瞬の躊躇もミスも許されない。最高速で指を動かす。印が成功し、55番と春近の位置が直線上になった瞬間、遊は吠えた。

「魚弾！」

鋭い魚の弾丸が55番を襲う。縄跳からの魚弾——連続忍術だ。

風斬を放った隙を狙えたので、防膜はできない。55番に命中し、打倒音が響く。だが魚弾は消えずに春近も強襲する。これが貫通弾である魚弾の利点だ。

意表を突かれたのか、その魚弾が春近にも当たる。だが一度55番を貫いた魚弾なので、その威力は低い。

そこに成道が、袈裟《けさ》斬りでとどめを加える。速い。魚弾を放った瞬間で遊の狙いに気づき、その時点で動いてくれた。まさに阿吽《あうん》の呼吸だ。そこで春近の姿が消える。

春近を倒せた……すでに19番は成道と伊織で落としているので残り1となり、由良がその最後の敵を倒した。

3対1。星海学園の勝利だ。二回戦を突破できたのだ。

その瞬間、くるみが絶叫した。

「勝った！　やったああ！」

会場が揺れるほどの大歓声が上がった。全員が興奮をあらわにし、雑草研究部の三人が飛び跳ねている。なんだかそれが現実の光景と思えず、遊は呆然と眺めていた。その場でへたり込みたいほど、頭も体もくたくたに疲れきっている。

くるみが駆け寄り、遊に抱きついた。

「やったあ！　遊君、凄い！　さすが我が部のエースだ！」

急な抱擁に遊は狼狽した。疲労感がすべて吹き飛んでしまった。くるみが体を離すと、今度は興奮した伊織が遊を抱きしめる。

「七瀬君、最後の何あれ、凄い、凄いよ！」

くるみに比べると、熊に抱かれたみたいだ。力が強すぎて息ができない。

「おっ、音杉君。苦しい」

「ごめん。ごめん」

伊織が急いで解放してくれたので、遊はどうにか助かった。

「あそこであんな神業を出すとは、七瀬氏は人間ですか」

感心と呆れ混じりに、由良が力の抜けた声を漏らす。その三人の反応で、遊もやっと喜びが込み上げてきた。

いつの間にか成道が側に来ていた。拳を胸の高さに持ち上げ、遊の方に差し向ける。

「おまえにしてはよくやった」

成道がこんなことをするのははじめてだ。満足げな微笑みとともに、遊はそれに自分の拳を合わせた。その感触が、勝利の喜びをさらに膨らませる。

全員が整列すると、スタッフが手を上げて言った。

「セットカウント2対1、星海学園ゲーム部の勝利」

「ありがとうございました」

そう頭を下げると、観客席から拍手が巻き起こった。

吹石高校のメンバーは全員うなだれている。その表情には激闘の末敗れた悔しさがにじみ出ていた。春近からも笑みが消えて、肩を落としている。だが遊の視線に気づくと顔をほころばせ、手を差し伸べた。

「負けたよ。七瀬君、完敗だ」

「こちらこそ。吹石高校は、児玉さんは、本当に強かったです」

遊がその手を握り返すと、春近が確認するように訊いた。

「最後は縄跳、縄跳キャンセル、縄跳、魚弾で印を四つ連続で結んだのかい？」

「はい」

遊が頷く。やれやれという調子で春近が言った。

「まいったよ。あれだけの短い間で四つも印を結ぶなんて。特に縄跳からの魚弾は信じられない忍速だった」

縄跳を発動してから、55番と春近が直線上に重なるまではほんの一瞬だった。その間に魚弾の印を結ぶには、とにかく速度と正確さが必要だった。あの極限状態が可能にした技だ。

成道が近づいてきて、春近が手を差し出した。

「君も本当に凄かった。雷後直からの雷直はしてやられたよ」

成道がその握手に応じる。

「もうあんたとは二度とやりたくないな」

成道らしくないその言葉に、遊は耳を疑った。だが春近はそれほどの強敵だったという証拠でもある。

浅く息を吐いた春近が、遠い目をして言った。

「僕は去年、ゲーム甲子園の全国大会に行ったんだ。そこで当たったのが森堂学園だった」

「森堂ですか」

全国に行ったのは知っていたが、それは初耳だ。

「うん。双葉蓮に負けたんだ。完敗だったよ」

ぴくりと成道のこめかみが動いた。

「それが悔しくてね。必死に練習したんだ」

「……わかる」

唇を噛んだ成道が頷く。成道はまさに同じ道を歩んでいたからだ。

「ただ偶然にも転校してきた吹石高校が、森堂学園と同じ県だった。ならば地区予選で当たることができる。森堂に、双葉蓮に勝って全国に行く。そんな気持ちでみんな必死に頑張ったんだけどな……」

無念そうに春近が言うと、成道が太い声を発した。

「俺たちが森堂を、双葉蓮を倒してやる」

一瞬春近が目を丸くしたが、すぐさま微笑んだ。

「二人ともちょっと手を出して重ねてくれないかな」

遊と成道が言われた通りにすると、春近がそこに自分の手を置く。

「僕、いや吹石の魂は星海に預けるよ。君たちなら森堂を倒せる」

春近の情熱が、手の甲を通して染み込んでくる。

「必ず森堂を倒します」

声に力を込めて遊が頷くと、春近が笑みを濃くした。

その場を春近が離れ、吹石のメンバーと合流する。19番と55番が涙を流し、春近がそれをなぐさめていた。その光景を見て、伊織がぼそりと言った。

「吹石も本気で全国を目指してたんだね」

涙が出るほど悔しがれる。それは真剣にＴＯＮに打ち込んだ証だ。

「そうだね」

これからはそんな相手ばかりになるが、こっちも負けるつもりは毛頭ない。

あと二つで全国だ……。

春近からもらった魂を感じながら、遊は拳を強く握りしめた。

4

吹石高校との死闘を終え、遊たちは大型モニターの前にいた。

トーナメント表を見ると、森堂は当然のことながら順調に勝ち上がっている。番狂わせはなしだ。星海学園の準決勝の相手は、『関殿高校《せきどの》』だった。

遊がすぐさま訊いた。

「花見さん、関殿のデータはあるの？」

「ううん。それがないんだよ。関殿もうちと同じで今年新設されたゲーム部みたい。それで準決勝まで上がるなんてなかなかの実力だよ」

うんざりした調子で、由良が鼻から息を吐いた。

「また新たな伏兵ですか。さっきの吹石といい、こちらのブロックは何か仕組まれてるのではありませんか」

くるみが手で顎をさすった。

「確かに。謎の組織が暗躍しているのかもしれぬ。まさかＣＩＡの仕業か」

すると、伊織が消え入りそうな暗い声を漏らした。

「関殿高校……」

顔から血色が消え、唇が砂のように乾いている。

「音杉君どうしたの？」

心配になって尋ねると、伊織がはっとして首を横に振る。

「なっ、なんでもないよ。ちょっとお腹が空いただけ」

どうも妙だと訝しんでいると、くるみが腹を押さえて提案する。

「そうだね。準決勝はお昼休憩を挟んでからだからお昼ご飯にしようか。近くにコンビニがあるから買い出しに行こう」

「星海学園の七瀬遊君はいらっしゃいますか？」

突然の声にびっくりすると、ゲーム甲子園のスタッフだった。

「七瀬遊は僕です」

「控え室の方に七瀬君を訪ねられている方が来てますよ」

「わかりました」

心当たりがまるでないが、とりあえず応じる。遊が控え室に向かおうとすると、「遊君、私も行きますぞ」とくるみが険しい面持ちで申し出る。

「えっ、いいけどどうして？」

「吹石との戦いで、七瀬遊の名は天下に知れ渡りましたからな。刺客の可能性も十分に考えられる」

由良が褒め称える。

「さすがくるみん、部長の鑑ですな」

「由良りん、拙者は護衛の任務を果たして参る。貴殿は我々の休息所にふさわしい場所の探索を頼む。飲食物に毒を仕込む輩もおるかもしれぬゆえ、くれぐれも注意するのだぞ」

「承知つかまつった」

恭しく由良が頭を下げると、成道が大げさにため息を吐いた。

くるみと一緒に廊下を歩いていると、「星海の縄跳使いだ」という他の部員からのひそひそ声が聞こえた。くるみが肘で遊をつついた。

「早速噂されてますな。英雄爆誕ですな」

照れながら遊が返す。

「止めてよ。たいしたことしてないよ」

「そんなことないよ。あの最後の縄跳魚弾の四連続印は凄かったもん。私、感動しちゃったな」

感極まったようにくるみが言うので、遊は胸がいっぱいになった。

「でもこの程度じゃないよ」

「どういうこと?」

「星海学園の七瀬遊の名はもっともっと広まるよ。全国にまでね」

「大げさだよ」

苦笑する遊に、くるみが真顔で首を横に振る。

「そんなことない。遊君がゲーム甲子園の全国大会で大活躍して、全国のゲーマーの注目の的になるって、私最初から思ってたもん」

あどけない笑みを浮かべるくるみをまともに見てしまい、遊の心臓が跳ね上がった。くるみのこの笑顔を見ると、胸が破裂しそうになる。

「それと私、さっきの児玉春近を倒した遊君の攻撃を見て確信したよ」

「何を？」

くるみが笑みを深め、軽快に遊を指差した。

「遊君、君はきっと将来プロゲーマーになれるよ」

「僕が？　プロゲーマーに？」

「うん。成道君と一緒に星海学園ゲーム部からプロゲーマーが二人出るよ」

「成道君はわかるけど、僕は無理だよ。ちょっと前にＴＯＮを始めたばかりだよ」

「ｅスポーツ自体が始まったばかりだし、そんな人が出てもおかしくないよ。私は遊君ならなれると思うな。楽しみだね」

ふふっとくるみが笑い、足を弾ませて先を行く。その後ろ姿が、やけにまぶしく見えてならない。

「プロゲーマーか……」

そう呟いて遊は我に返った。そんな夢みたいな話よりも、まずは次戦を勝つことを考えよう。


控え室に入ると、スタッフの人たちが忙しそうに作業をしていた。これだけの人数がゲーム甲子園に携わってくれているのだ。自然と感謝の気持ちが湧いてくる。

ただその中の数人が、部屋の一角をちらちらと盗み見ていた。その視線を追って、遊は面食らった。パイプ椅子に女性らしき人物が座っているのだが、彼女が不気味な白い仮面をつけていたからだ。

くるみがひそひそと言った。

「……もしかして遊君を呼び出した人ってあの人なのかな？」

「たぶん」

「まさか謎の組織が大胆にも姿を見せるとは。謎の組織の組織改革か？」

ごくりとくるみが唾を呑み込んだ。遊の姿に気づいたのか、仮面の女性が立ち上がり、つかつかとこちらにやってきた。

「七瀬遊さんですね。さっきの試合見ました。最後の縄跳魚弾凄かったです」

「……ありがとうございます。あのどちら様ですか？」

彼女が芝居掛かった口調で答えた。

「おわかりになりませんか？　私はあなたのすべてを知る者です」

そこで遊は彼女の正体がわかった。脱力混じりに声を漏らした。

「……何やってんの。母さん」

「あっ、もうバレちゃった」

仮面を脱ぎ、母親の円が素顔を見せる。

「今日は来ないって約束だったでしょ」

「どうしても見たかったのよ。でも来てよかったわ。あんなに凄いのを見れたんだもん。お母さん、興奮しすぎて声が嗄《か》れちゃった」

嬉々として語る円を見て、遊は肩をすくめた。円の体調は気になるが、本心では自分が活躍する姿を見て欲しかった。

そこでくるみが唇を震わせた。

「おっ、お母さんって遊君の？　謎の組織の女スパイじゃなくて？」

円が顔を輝かせる。

「あっ、もしかしてあなたが遊をゲーム部に誘ってくれたの？」

「はっ、はい。ゲーム部部長の花見くるみと申します。遊君、じゃなかった七瀬君にはいつもお世話になってます」

「遊の母親の七瀬円です。息子がお世話になってます」

興味深そうに円がくるみを眺める。

「花見さんって可愛らしいお嬢さんね」

「そっ、そんな。可愛いだなんて」

くるみが頬を赤く染め、にやにやと円が遊の方を向いた。

「そうかあ、遊が急にゲーム部に入るって言い出したわけだあ」

「ちょっと、母さん」

慌てて止めに入る。くるみの前でからかわれてはたまったものではない。

円が目を細め、くるみの肩に手を置いた。それから感じ入ったように礼を述べた。

「花見さん、ありがとう」

「えっ、私何もしてないですけど」

きょとんと首を傾げるくるみに、円がゆるやかに首を振る。

「いいえ、あなたは私がずっと遊にやってあげられなかったことをやってくれたの。本当に、心から感謝してるわ」

円の言葉に、遊は思わず目頭が熱くなった。遊がゲーム部に入ったことを、円は心底喜んでくれている。

「そんな、私こそ遊君がいなかったらゲーム部も作れなかったし、こうしてゲーム甲子園にも出られませんでした。お母さん、遊君を産んでくれてありがとうございます」

くるみが生真面目な口調で言い、円が柔らかな笑みを投げた。

「今、遊を産んではじめてよかったと思ったわ」

「ちょっと、母さん」

憮然と遊が口を挟むと、円が笑顔で手を叩く。

「さあ、準決勝に向けて英気を養わないとダメでしょ。ということで星海学園ゲーム部への差し入れとしてこんなものを用意しました」

円がバッグを開けると、そこにはたくさんのタッパーがあった。お弁当だ。蓋を取ると、唐揚げやトンカツなど高校生の大好物が詰められている。

くるみがうきうきと言う。

「おおっ、さすが遊君のお母さん。戦における兵站《へいたん》の重要性をご存知とは」

「素人は戦術を語り、玄人は兵站を語る。元マネージャーだからね」

満足そうな笑みを浮かべ、円がさらりと言った。

「さっ、お母さんはもう帰るわね」

「準決勝は見ていかれないんですか？」

「ごめんね。ちょっとさっきの試合で興奮して疲れちゃったから」

「早く家に帰って休みなよ。電車じゃなくてタクシー使って」

慌てて遊が声をかける。これだけのお弁当を作るのも一苦労だっただろう。そこで円の化粧がいつもより厚いことに気づいた。顔色が悪いのを隠している。

「はいはい。わかったわよ。タクシーで帰ります」

肩をすくめた円が、最後に激励の声をかける。

「じゃあね、遊、花見さん、準決勝も頑張って」

「うん。わかった」

遊が頷き、くるみが軽く拳を上げる。

「はい。必ず勝つんで二週間後の決勝も見にきてくださいね」

「うん。楽しみにしてる」

円が立ち去ると、くるみが感慨深そうに言った。

「遊君のお母さんって素敵な人だね。美人だし、私のこと可愛いって言ってくれたし」

「……だいぶ無理したみたいだからちょっと心配だけどね」

「お母さん、どうかされたの？」

「うん。生まれつき心臓が悪くて、体があんまり丈夫じゃないんだ」

「そうなんだ……」

くるみの声が一瞬沈みかけたが、すぐに明るく切り替えた。

「でも遊君の試合を見て、お母さんすっごい嬉しそうだったじゃない。遊君の活躍を見るのがお母さんにとって最高の薬だよ。全国大会で大活躍する遊君を見たら、お母さん元気もりもりになると思うな」

「そうだといいけどね」

準決勝も勝ち上がり、円にもっともっと試合を見てもらおう。遊はそう意気込んだ。

5

「よかったね。音杉君」

遊がそう声をかけると、伊織が手にしたビニール袋を持ち上げる。

「ありがとう。七瀬君のおかげだよ」

その笑顔に遊は一安心した。コンビニへみんなの飲み物を買い出しにきた帰りだ。伊織の様子がおかしいので、気分転換のために誘ったのだ。

そのコンビニに、聖フル学院の愛咲日菜子の写真立てがあった。彼女が部装束を着た写真が貼られている。それを遊が貯めたポイントで交換すると、伊織は大喜びしてくれた。これで上機嫌になってくれるのならばお安い御用だ。

「あれっ、ゴーレムじゃねえか」

耳障りな声がして振り向くと、そこに高校生が四人いた。男性二人、女性二人だ。全員が部装束を着ているのでゲーム甲子園の参加者だ。

声をかけてきた男に、遊は目を配った。今風の髪型で、赤いメッシュを入れている。顔立ちは整っているのだが、どこか軽薄な感じがする。他の三人も、似たような雰囲気を醸し出している。

隣に顔を戻して遊はびっくりした。伊織は顔面蒼白で、額には汗まで滲んでいる。

「……神崎《かんざき》君、久しぶり」

かすれた声で伊織が応じる。名前を知っているということは知り合いなのだろうか？

神崎の横にいた男が訊いた。

「神ちゃん、なんなのこいつ？」

髪を金色に染めて、目が細くて顎が尖《とが》っている。狐《きつね》みたいな面持ちだ。

「ああ、中学のときの俺の奴隷だよ。ゴーレムだよ」

神崎がおかしそうに答える。奴隷……その言葉が遊の胸に引っかかる。狐男が手を叩いて喜ぶ。

「神ちゃん、ネーミングセンス半端ねえ。典型的ないじめっ子じゃねえか」

「何言ってんだよ、履歴書の特技の欄に『親切』って書けるほど、俺はこいつに親切にしてやったんだよ」

にたにたと不快な笑みを浮かべた神崎が、舐め回すように伊織を眺めている。伊織が、蛇に睨まれた蛙のように縮み上がる。

伊織は、中学時代にこの神崎にいじめられていたのか。彼はおとなしい性格なので、いじめっ子からすると格好の標的だったのだろう。そして今は神崎が関殿高校のゲーム部にいることを、伊織は知っていた。だからさっきから様子がおかしかったのだ。

髪の短い女性が笑った。

「ゴーレムってマジでウケる。こいつでっけえもん」

何がおかしいのか、四人でゲタゲタと笑っている。なんて下品な笑い方だと遊は胸がむかついた。

神崎が眉を持ち上げた。

「あれっ、なんでおまえ部装束着てんの。しかも星海って俺らの次の対戦相手じゃん。もしかしておまえゲーム甲子園出てんのかよ」

「……うん」

びくびくと伊織が応じ、神崎がわざとらしく目を丸くする。

「おいおいマジかよ、ゴーレム。おまえあれだけ俺にひどいことしといて、何高校生活エンジョイしてんだよ。この不登校野郎が」

狐男が興味を示した。

「何、不登校って？」

「この野郎、俺の親切が嫌で登校拒否しやがったんだ。せっかく親切にしてやったのに恩を仇《あだ》で返しやがった。最高の友達がいなくなって、俺の快適な学校ライフだいなしにされたんだぜ」

「何それ、ひでえな」

同情の声を上げる狐男に、遊は頭がくらくらした。反省どころか、自分が悪いことをしたとすら思っていない。

神崎が、伊織が手にしていたビニール袋に気づいた。それを奪い取り、素早く中を確認する。愛咲日菜子の写真立てを取り出した。

「げっ、アイドルグッズ買ってる」

髪の短い女性が気味悪そうに言い、もう一人の女が同調する。

「アイドルオタクってきもっ。ぜってえこいつモテねえ」

「だな。よしっ、俺がもっと素敵にしてやろう」

神崎が写真立てを地面に投げ捨てると、それを思い切り踏みつけた。写真立てのガラスが粉々になり、愛咲日菜子の顔が見えなくなる。

「ゴーレム、これで厚意を無にした件はちゃらにしてやるよ。感謝しろよ」

そう神崎が吐き捨て、顎で促す。

「みんな行くぞ。次は楽勝みたいだから決勝の森堂戦について考えておくか」

「神ちゃんなら双葉蓮も目じゃないよ」

機嫌を取る狐男に、「だな」と神崎がまんざらでもない顔をする。

伊織は無言でうつむいていたが、その目の縁に涙がたまっている。その揺れる涙の水面が、遊の胸の何かを刺激した。

四人が伊織の側を通り、立ち去ろうとした。それを防ぐように、遊がぼそりと言った。

「……謝れ」

「あっ？」

神崎が足を止め、こちらを振り返った。遊が同じトーンでくり返した。

「謝れよ」

「何言ってんだ。てめぇ」

神崎のこめかみがひくつき、遊が怒声を張り上げた。

「音杉君に今すぐ謝れと言ってるんだ！」

これほど猛烈な怒気が込み上げるのは生まれてはじめてだ。許せない。こいつだけは絶対に許せない……。

はっとした伊織が遊を止めに入る。

「七瀬君、僕のことはいいから」

遊はかまわず前に出た。

「謝れ。今のこと、過去のこと、すべてを音杉君に謝罪しろ！　僕の仲間を馬鹿にするやつは絶対に許せない」

気弱そうな遊が急に激昂したので、神崎が一瞬たじろいだ。だがすぐに目に力を込め、殺気立った声で返した。

「なんだ。てめえ、喧嘩売ってやがんのか」

「うるさい。とにかく今すぐ謝れ。仲間を侮辱した罪を償え！」

神崎が遊の首元をねじり上げた。

「てめえ、生意気だな。試合前にぶっ殺してやる！」

「やってみろ」

遊が拳を握りしめ、それを神崎の頰に叩きつけようとした瞬間、

「おいおい、何してやがる」

誰かに手首を握りしめられた。びくりとして顔を横に向けると、それは成道だった。成道が、神崎と遊を強引に引き離す。もの凄い力だ。

「遅いと思ったら何喧嘩なんかしてやがんだ」

神崎が胸くそ悪そうに言った。

「なんだ、おまえも星海かよ。ぞろぞろあらわれやがって」

「そうだよ。おまえらは関殿か」

神崎の部装束をちらりと確認すると、成道が遊に顔を向ける。

「七瀬、おまえはとんだトラブルメーカーだな」

「トラブルメーカー……」

正直成道には言われたくない……。

「わかってんのか。試合前に暴力沙汰になったら、その時点でゲーム部は廃部なんだぞ」

「……ごめん」

素直に遊が謝る。怒りで我を忘れ、そんなことにすら思い至らなかった。

成道が呆れたように伊織を見る。

「音杉、おまえもこんな喧嘩もゲームも弱そうなクズの言いなりになってどうすんだ。どっちもおまえの相手にすらならねえだろうが」

その侮辱の言葉に、神崎がかちんときたようだ。

「誰がクズだ。俺らを馬鹿にしてんのか」

「馬鹿にしてんじゃねえよ。正直に言っただけだよ」

「てめえ、ぶっ殺すぞ」

狐男が凄むが、成道はその何倍もの怒声で切り返した。

「それはこっちの台詞だ！　おまえらうちの部員に手出して、ただで済むと思ってやがんのか！」

その迫力に狐男が飛び上がった。遊と同様、いやそれ以上に成道も激昂しているのだ。

怒気を逸らすように、成道が鼻から熱い息を吐いた。

「まあいい。ちょうど今から対戦するんだ。おい、おまえ。神崎とか言ったな」

「なんだ」

「俺らが勝ったら土下座して音杉に謝れ」

その成道の提案に、神崎の顔が引きつった。

「なんだと」

「その代わりおまえらが勝ったら俺と七瀬が土下座して謝ってやるよ」

「成道君！　そんな」

弾かれたように伊織が止めに入ろうとするのを、遊が手で制止する。そして抑揚のない声で了承した。

「いいよ。それでやろう」

成道と遊が神崎を見据えると、神崎が鼻で笑った。

「いいだろう。ボコボコにしてやる」

「言ってろ」

そう成道が吐き捨てると、「行くぞ」と先に歩きはじめた。遊と伊織は慌ててその後ろを追った。

体育館に戻ってくるみと由良と合流すると、くるみが心配そうに尋ねた。

「どうしたの？　何かあったの？」

伊織の異変を察したのだ。成道が促した。

「おい、音杉。詳しい事情を説明しろ。さっきの関殿のバカとなんの因縁があるのかを」

うなだれながらも伊織が応じた。

「……神崎君は僕の中学校の同級生なんだ」

中学時代、神崎にいじめられて登校拒否になった。その話を伊織がみんなに伝えた。最後に伊織が自分の手を見ると、その手が小刻みに震えている。

「……時々いじめられていたあの頃を思い出して、今でも夜にうなされるんだ」

くるみが激昂した。

「なんだそれ。許せない、絶対に許せないよ！」

「同意ですな。しばき回す」

由良が頷き、くるみが手のひらに唾をかけた。

「討ち入りだ。今から関殿の神崎なる悪漢を成敗いたすぞ！　市中引き回しの上打首獄門《うちくびごくもん》の刑に処す！」

「くるみん、お伴しますぞ」

そう由良が身を乗り出すと、成道が鋭く言った。

「バカか、おまえらも七瀬と同じことしてどうすんだ」

「遊君と同じことってどういうこと?」

くるみが首を傾げると、成道が親指で遊を示した。

「こいつ、その神崎ってやつに殴りかかろうとしやがったんだよ。俺が止めてなきゃおまえ返り討ちにあってたぞ。喧嘩弱いくせによ」

遊がしゅんとする。

「……ごめん」

「いや、遊君は悪くないよ。義を見てせざるは勇なきなり。さすが星海の関羽雲長だ。私もその場にいたら、胴回し回転蹴りをお見舞いしてやったのに」

憤然とくるみが言うと、やれやれと成道が肩をすくめた。

「花見と冬野がいなかったのが不幸中の幸いだな。とにかく決着はゲームでつければいい。試合に勝てばあのクズを土下座させて、音杉に謝ってもらうことにしたからよ」

くるみが高ぶる。

「おおっ、土下座マッチですな!」

「我が闇の弾丸が、大奸《たいかん》・神崎を撃つ! 悪即斬!」

意欲満々に由良が手のひらに拳をぶつけている。遊はちらっと伊織を見たが、伊織はまだうなだれていた。

昼の休憩時間が終わり、準決勝開始時間となった。今日の最後の試合なので、客席は満員だ。

神崎を含めた関殿の部員が、にやにやとこちらを見つめている。遊は顔を逸らし、目を合わせないように努めた。見ているだけで虫唾《むしず》が走る。

敵意むき出しで、くるみと由良が神崎たちを睨んでいる。くるみが苦い顔で言う。

「ぐぐっ、あいつらがこの宿場町を根城にしてる神崎一家か。なんて憎らしい面構《つらがま》えだ」

由良が鼻の頭を指でこすった。

「親分、ここはあっしにお任せくだせえ。オレッチこと鉄砲玉の由良が懐に忍ばせたこのドスで、あいつらの玉とったりますわあ」

「由良蔵、無茶するんじゃねえぞ。必ず生きて帰ってこい。おまえの好きな吟醸酒をたんまり用意して待ってるぞ」

「へっ、ありがたくて涙が出らあ」

二人のやりとりを横目に、トレーニングモードで調整する。伊織はコントローラーを手にしてはいるものの、一切操作をしていなかった。うつろな目で画面を見つめているだけだ。

調整時間が終わると、全員で整列をする。関殿の女子二人が、由良を見て笑い合っている。清楚な格好をしている由良を揶揄しているみたいだ。

由良は無視しているが、体全体から殺気を放ち、「クソ女どもが。絶対ぶっ殺す」とぶつぶつ呟いていた。星海の中で由良が一番喧嘩っ早いんじゃないだろうか。一方成道は余裕の表情だ。

神崎が伊織に声をかける。

「ゴーレム、おまえは俺に何一つ敵わねえ。奴隷は奴隷のままだ。身分制度の厳しさを叩き込んでやるよ」

伊織の体がびくりとし、顔の血の気がさらに引いている。遊と神崎でフィールドを決めることになった。神崎が冷笑した。

「おまえがキャプテンかよ。星海のレベルがわかるな」

遊は淡々とやり返した。

「この前、森堂学園の双葉蓮にこう言われた。『弱い犬ほどよく吠える』ってね。まさに君のことだ」

「なんだと！」

二人で睨み合っていると、スタッフが咎めた。

「君たちいい加減にしなさい。ＴＯＮは喧嘩じゃないよ」

すみませんと遊がすぐに謝ると、仕方なさそうに神崎も頭を下げた。

コイントスをすると、今度は遊にフィールドの選択権がもらえたので、『京都』を選んだ。

みんなのところに戻ると、全員で円陣を組む。くるみが声高らかに言った。

「行くぞ。憎っくき神崎一家を打ち倒し、この宿場町に平和を取り戻すのだ」

「おうっ」

遊、成道、由良が声を合わせるが、伊織は沈黙している。組んでいる手から、その肩の震えが伝わってくる。

席に座ってヘッドホンをつけ、コントローラーを手にした。また負けられない一戦がはじまる……軽く息を吐き、臨戦態勢を整えた。

モニターに両チームの選手が表示され、素早く背番号と忍種を確認する。編成は近忍1・中忍2・遠忍1と遊たちと同じだ。狐男が9番で近忍、神崎は10番で中忍だ。女子の17番は中忍で、15番は遠忍だ。

ゲームがスタートした。町屋に石畳と京都らしい背景だ。朱色の鳥居《とりい》もあり、遠目には清水寺《きよみずでら》などの寺社仏閣が見える。五重の塔がここの忍玉のある塔となっている。

遮蔽物である瓦《かわら》屋根の塀まで来ると、そのまま陣へと突入する。予想通り、神崎、狐男、17番が攻め込んできた。不遜な性格が戦法にもあらわれている。

相手の15番が伊織を忍弾で撃つと、伊織にダメージが入る。

遊は思わず叫んだ。

「音杉君！」

伊織は動く気配すらない。

「ちっ」

そう成道が舌打ちすると、伊織のカバーに入る。そこに狐男が斬りかかり、成道が刀で防ぐ。すると狐男の背中越しに、蠍《さそり》のトゲがあらわれた。神崎が放った忍術『蠍刺し』だ。だがその狙いは成道ではなく、伊織だった。

防膜することなく、伊織があっさり倒される。まるで第一試合の遊を見ているようだ。

その瞬間、遊が声を張り上げる。

「全員離脱だ！」

「何、ふざけるな」

抵抗する成道に、遊が強い声でかぶせる。

「いいから」

「くそったれが」

しぶしぶ成道が離脱し、遊と由良もそれに続いた。1セット目の大事な先制点をいきなり取られ、0対1となる。

遊たちに当てつけるように、神崎たちが大はしゃぎしている。それを尻目に成道が憤然として言った。

「七瀬、一人倒されて全員離脱ってどういうことだ」

動じずに遊が応じる。

「音杉君がやられたからだよ。あいつらは音杉君をまっ先に攻めてきてる」

うなだれた伊織が、か細い声で謝る。

「……ごめん」

冷静になったのか、成道の声がやわらぐ。

「音杉、一発目は仕方ないとしても、二発目は防げただろ」

「……ごめん」

伊織はそうくり返すだけだ。

2ターン目がスタートすると、遊は切っ先鋭く言った。

「音杉君、攻撃に出て。僕たちがフォローする。君が神崎を倒すんだ」

「えっ」

怯えた伊織の声が響くが、遊は宣言した。

「みんな、音杉君が何もせずにやられたら、また全員離脱するから」

由良が堪らず抗議の声を上げる。

「ちょっと待ってください。七瀬氏、もう1点取られてるんですよ」

「かまわない」

遊がそう言い切ると、成道がため息を吐いた。

「冬野、七瀬の言う通りにしろ。こいつは一度言い出したら聞かねえ。とんでもねえ頑固野郎だからな」

「……わかったであります」

不満げに由良が呑み込んだ。

第2ターンも伊織は何もできずに倒され、三人が即離脱する。さらに次のターンも判を押したように同じ展開で、呆気なく1セット目を関殿に取られてしまった。「何やってんだよ」と客席から野次が飛んでくる始末だ。

1セット目が終わった途端、

「おっしゃああ！」

神崎たちがハイタッチをして喜びを爆発させる。まるでお祭り騒ぎだ。遊の視線に気づくと、神崎が土下座の仕草をして挑発してくる。相手にするつもりはなかったが、それでも怒りがこみ上げた。

くるみの下に行くと、くるみが心配そうに尋ねてくる。

「どうしたの、みんな？　わざと1セット目を取らせたの？」

伊織の状態を説明すると、くるみが励ますように言った。

「伊織君、大丈夫だよ。ゲームなんだからさ。やっつけても実際に神崎が何かできるわけじゃないんだよ」

「……わかってる。わかってるんだけど手が動かないんだ」

伊織が手のひらを見せると、さっきよりも震えがひどくなっている。ため息を吐きながら由良が言う。

「もう三人チームだと思ってやるしかないですな。我々が音杉氏の仇《かたき》を取りましょう」

「そうだな」

成道も頷くが、遊は首を横に振る。

「ダメだ。次も音杉君がやられたら全員即離脱する。音杉君が神崎を倒すまで1セット目と同じでいく」

そこで伊織が金切り声を上げる。

「それじゃあ負けちゃうじゃないか！　わかってるの？　これに負けたら僕らは廃部なんだよ」

その悲痛な声が響き渡り、周囲から注目を集めてしまう。こちらの様子がおかしいことは、もう観客にも伝わっている様子だ。遊はかまわずに続ける。

「音杉君がそのままならね」

はっとしたように伊織が遊を見たが、すぐに無念そうに唇を噛んだ。

「……無理だ。ごめん。お願いだから三人で戦って欲しい。みんなが本気を出せば勝てるよ」

「嫌だ。音杉君も一緒に戦うんだ。一回戦目は僕が音杉君と同じ状態だったけど、どうにか乗り越えられた。だから音杉君も克服できる」

「七瀬君は緊張で動けなかっただけだろ。いい加減にしてよ。このままじゃ僕のせいで廃部になる。そんなの耐えられない！」

取り乱す伊織を落ちつかせるように、遊はやわらかな声をかける。

「音杉君なら克服できるって僕は信じてる。仲間を信じられないで、何がキャプテンだ。もしそれで廃部になるのならば、それは音杉君の責任じゃない。僕の責任だ」

「……七瀬君」

伊織が遊を見ると、成道が首をすくめた。

「音杉、おまえも七瀬の性格はわかってるだろ。廃部が嫌なら、どうにか神崎をぶち倒せ。冬野、花見、おまえらも腹をくくれ。部の存続は音杉次第だ」

「……わかったであります」

そう由良が渋々と承諾し、「そうだね。わかった」とくるみも硬い顔で頷いた。

円陣を組んで声を上げると、第2セットの開始だ。手のひらの汗をぬぐい、ヘッドホンを装着した。全員の前でああは言ったが、これを落とせば一巻の終わりだ。

向かいの席では神崎がにたにたと笑い、狐男と話している。もうこの試合は勝ったとでも言っているのだろう。

試合がはじまると、遊が口火を切った。

「音杉君、いつも通りのことができないなら、新しいことをやろう」

「……新しいことって」

「『縦槌《たてつち》』だ。縦槌を神崎の蠍刺しに合わせよう」

槌投はブーメランのような軌道で敵に襲いかかるが、縦槌は文字通り、縦の軌道で槌が降り落ちてくる。伊織が練習を重ねてきた技だが、まだ実戦では使えていない。

「無理だ。今の状態で縦槌なんて」

怯えた声で伊織が返すと、成道が冷静に言った。

「もう陣まで来た。行くぞ」

全員が陣の中に駆け込んだ。馬鹿の一つ覚えのように、神崎と狐男が伊織を集中攻撃する。弱点をつくのは立派な戦法だが、腹が立ってならない。

成道が伊織の前に立ちはだかり、狐男の攻撃を防御する。受太刀で完璧にさばいていた。実力の差は歴然だ。神崎が蠍刺しの構えを取ると、成道が叫んだ。

「音杉！　やれ！」

そこに遊も声を重ねる。

「音杉君！　できる。絶対にできる！」

「音杉氏、自分の殻をぶち破るのであります」

そう由良も言った直後、伊織が吠えた。

「うおおおおおお！！！」

伊織が印を結び、その手に巨大な槌が出現する。いつもより忍速が格段に速い。そこから槌を振り投げた。強烈な回転のかかった槌が、猛然と神崎に襲いかかる。ズドンという豪快な打撃音が聞こえると、もうもうと土煙が舞った。シュンという音とともに神崎のキャラクターが消える。必殺の縦槌が見事に決まった。

はあはあという伊織の息遣いが聞こえる。『残り3』という表示がやけにまぶしく見えてならない。

「やった。神崎を倒した！」

くるみの歓喜の声が響き渡ると同時に、遊が魚弾で狐男を倒した。関殿の女子二人組が慌てて離脱する。

この試合ではじめて1点を取れた……遊が声を跳ね上げた。

「音杉君、やったよ。神崎をやっつけたよ」

「うん。できた。できたよ」

伊織の顔がくしゃくしゃになった。その頬には大粒の涙が伝っている。その泣き顔で、これまでの伊織の苦悩が伝わってきた。「うん、うん」と遊がもらい泣きをすると、成道が呆れ混じりに言う。

「何試合中に泣いてんだ。おまえらは」

「ごめん。つい」

手の甲で遊が涙を拭い、成道が顎で示した。

「……まあいつよりはましだけどな」

「伊織君、やったよおお。神崎を倒したよおお」

くるみが人目もはばからず号泣している。何事かと他の観客たちが騒然としていた。

成道が声を強めた。

「音杉、だから言っただろうが。おまえの方があんなやつより上だってよ。どれだけ待たせやがるんだ」

「ごめん。もう大丈夫」

いつもの伊織に戻っている。伊織は完全に神崎を克服できたのだ。

由良が目を血走らせ、肩をグルグルと回した。

「ならばもう我慢しなくていいんですな。あの傍若無人の不逞の輩をぶちのめしても」

怒りすぎて頭から湯気が出ている。成道がすかさず釘を刺す。

「冬野、全部やるなよ。俺にも譲れ」

「……では成道氏は狐男と神崎、私はあのあばずれ女二人をやります。ケツの穴から手ぇつっ込んで、奥歯ガタガタ言わせたるでぇ」

由良が関西弁になり、遊が力強く頷く。

「よしっ、ここからは大暴れするよ」

「おうっ」

伊織を含めた一同が声を揃えた。


そこから星海学園の猛反撃がはじまった。

成道は分身、雷足などの忍術を使い、神崎たちを翻弄した。誰も成道の動きを捉えられず、バタバタと倒されていく。由良のエイムも冴え渡り、遠距離狙撃をどんどん決める。

得意の八咫烏が、関殿の女子メンバーにつき刺さった。

神崎が得意の蠍刺しで対抗しようとするが、それに伊織が縦槌を合わせてカウンターを取る。腕の差は歴然だった。

伊織にやられるたびに、神崎の表情から自信と傲慢さが消えていく。こちらが本気を出せば、関殿は相手ではない。関殿が準決勝進出できたのは、運の要素が大きかったのだ。

そのまま2セット目を奪取すると、神崎が味方を責めているのか、もの凄い剣幕で怒鳴っている。あれだけ目立って味方批判をしだしたら、チームとしてはもう崩壊している。

３セット目も圧倒し、星海学園の勝利となった。劣勢からの逆転劇で、観客席は大盛り上がりだ。最初にがっかりさせた分をこれで帳消しにできた。

遊はヘッドホンを取り、伊織に向けて拳を軽くつき出した。伊織がにこりと笑い、自分の拳を合わせる。成道が伊織の背中を強く叩いた。

「音杉、よくやった」

その成道の表情で伝わってくる。遊以上に、成道は伊織を信じていたのだ。由良も声をかける。

「音杉氏、男を見せましたな」

由良と伊織が拳を合わせる。遊がおかしくなって訊いた。

「冬野さん、男は嫌いじゃないの？」

「……まあ全否定というのもよくありませんからな」

もごもごと由良が言い、遊と伊織は顔を見合わせて笑った。

最後に選手同士が整列する。関殿側は全員うなだれていて、こちらと目を合わせようとすらしない。スタッフの声で礼をすると、神崎がそそくさと逃げようとする。それを成道が呼び止めた。

「おい、待てよ」

「……なんだよ」

怯えた顔を神崎が向ける。試合前の余裕たっぷりの表情は見る影もない。

「約束だ。土下座して音杉に詫びろ」

冷酷な成道の言葉に、神崎がこびへつらうように返した。

「なっ、何言ってんだよ。あんなの冗談に決まってるだろ。おまえらが負けても俺は土下座なんかさせるつもりはなかったぜ」

「土下座だ」

にべもない成道に、神崎が伊織に懇願する。

「ゴーレム、じゃなかった音杉、頼むよ。こいつになんとか言ってやってくれよ。そりゃ昔はいろいろあったけどさ。俺らは中学からの仲だろ」

伊織が笑顔で止める。

「成道君、土下座はやめようよ」

「おい、音杉」

「このまま土下座なしの方が神崎君にはよっぽど堪えるよ。何せ自分よりもはるかに格下の、奴隷の僕にボコボコに負けたんだからね」

にこにことそう語る伊織に、神崎が色を失った。成道がにやっと笑った。

「まあ、そうかもな」

助かったという気持ちとそれを凌駕する屈辱感で、神崎の頬が痙攣《けいれん》している。だが遊はきつい口調で言った。

「音杉君がそう言うなら土下座はやめよう。でもちゃんと謝罪はしてもらう。これまで音杉君にしてきたこと、愛咲日菜子の写真立てを割ったこと。神崎、きちんとその口と態度で示せ」

一同がはっとして遊を見るが、遊は一切表情を動かさない。絶対に逃さないその遊の佇《たたず》まいに観念したのか、神崎が声を震わせて謝る。

「……音杉、すまなかった」

「もっと大きな声で。それと頭も下げろ」

「音杉君、ごめんなさい。許してください。二度としません」

神崎が深々と頭を下げ、その姿勢で止める。しばらくしてから、「もう行って」と遊が促すと、脱兎のごとく神崎が逃げ出した。狐男たちが慌ててそのあとを追いかける。

伊織が礼を述べた。

「七瀬君、ありがとう。やっぱり神崎君の口から謝罪の言葉が聞けてよかったよ。胸がすっきりした」

「よかった」

目を細めて遊が応じると、由良がしみじみと言う。

「それにしても七瀬氏は一旦怒らせると恐ろしいですな。阿修羅《あしゅら》かと思いましたぞ」

「そうかな？」

くるみの下に帰ると、彼女は満足そうに迎えてくれた。

「うん、うん。皆の衆よくやったぞ。憎っくき神崎めを見事討ち果たしたな」

早速遊が尋ねる。「花見さん、頼んでおいたものは？」

「うん。たぶん持ってきてくれると思うんだけど」

きょろきょろとくるみが辺りを見回すと、

「僕の出番かな」

急に新免があらわれた。試合開始前以来、顔を一切見ていなかったので、一瞬誰だかわからなかった。呆れと非難が入り乱れた声で、成道が言う。

「先生何してたんだ。もう試合は全部終わったぞ」

「いやいや、ここの屋台はなかなか名店ぞろいでね」

「それでも顧問かよ。1試合目と準決勝はともかく、2試合目の吹石戦はやばかったんだ」

「でも勝てたじゃないか」

満足げな笑みで新免が頷く。もしかして自分達が経験を積めるように、あえて側にいなかったのだろうか？　いや、それは考えすぎか。新免がビニール袋から何かを取り出す。

「花見君。頼まれてたものを買ってきたよ」

その取り出したものを見て、あっと伊織が声を上げた。

「これって」

「そうだよ。聖フルの愛咲日菜子の写真立てだ。いやあこれポイント貯めないと交換できなかったから苦労したよ。おかげでお金をだいぶ使ってしまった。花見君、このお金は君が払ってくれるのかい？」

「先生、ゴチになります」

すかさずくるみが礼を言い、「あれっ、自腹なの。教師の安月給知ってるよね」と新免が嘆いた。

遊が新免から写真立てを受け取り、伊織に手渡した。

「はい。音杉君。さっきのは神崎に壊されたから新しいやつ」

「うっ、うん。ありがとう」

「さすが遊君、気配りの男だ。星海の千利休《せんのりきゅう》だね」

頼もしそうにくるみが一人頷くと、伊織が突然顔を伏せた。

「ありがとう、七瀬君。ありがとう、みんな」

ボタボタと床に大粒の涙がこぼれ落ちた。

「よかったね。伊織君」

くるみがまた泣いている。それにつられて、遊もまた涙をこぼしてしまう。ゲーム部で涙もろいのはこの二人だ。

成道と由良が仕方なさそうに見つめる中、三人はしばらく泣き続けていた。

6

会場から部員全員でフロアに出ると、

「ゆうゆう、くるくる、決勝進出おめでとう」

とびきり明るい声がしたので振り向くと、甘木光太郎が手を広げて出迎えてくれていた。

「えっ、甘木光太郎」

伊織が目を白黒させている。もちろんそれは由良も同じだ。あの成道ですらも仰天している。急に今注目のプロゲーマーがあらわれたのだから無理もない。

光太郎が絶賛の声を上げる。

「いやあ、ゆうゆう強かったんだねえ。二回戦目の縄跳キャンセルからの縄跳魚弾なんかマジでびっくりしたもん。プロゲーマーでもあんなのなかなかできないよ」

「甘木さんのアドバイスのおかげです」

遊が頭を下げると、光太郎が成道に顔を向ける。

「なるなるも凄かったよ。分身と雷足のキレはお見事だね。あの雷後直からの雷直はすげえって叫んじゃった」

「どうも」

言葉少なに成道が礼を言う。表情は変わらないが、目標であるプロゲーマーに褒められて嬉しそうだ。

光太郎があらわれたので、周りに人だかりができはじめる。

反対側でも急にざわめきが生じた。森堂学園の生徒があらわれたからだ。なんの波乱もなく、森堂は決勝進出を決めている。波早栞がこちらに気づいた。

「あっ、甘木さん」

大急ぎでこちらに駆け寄ってくる。その栞の表情と声の変化に、遊はびっくりした。あの女軍曹のような雰囲気が一変し、恋する乙女のように頰を染めている。光太郎が軽く手を上げる。

「おー、しおしお。久しぶりだね。元気してる」

「はい。元気してます」

猫なで声で栞が返し、遊は耳を疑った。栞が袴の上部分を指でつまみ、左右にひねって光太郎にアピールする。

「どうですか、この和装バージョンの部装束。甘木さんがこっちの方が似合うって言ってくれたからそうしたんですけど」

光太郎が無邪気に褒め称える。

「うん。似合ってる、似合ってる。しおしおはこっちの方がいいね」

「ありがとうございます」

栞の頬が、熟した林檎《りんご》のようにまっ赤になる。栞が光太郎に憧れているのが丸わかりだ。くるみが肘で遊をつつき、おかしそうに言った。

「いいものが拝めましたな」

「だね」と遊も笑いを噛み殺した。

光太郎が奥の方を見て、手をぶんぶんと振る。

「あっ、蓮だ。おーい、ここだよ。ここに君の憧れの先輩がいるよ。スターだよ」

うんざりした様子で蓮がこちらにやってくる。隣の成道が臨戦態勢になったのを、遊は肌で感じ取った。蓮が不機嫌そうに言った。

「なんですか、甘木さん。俺、早く帰りたいんですけど」

「あっ、冷たい。蓮は相変わらず冷たいなあ」

光太郎が頬を膨らませる。

「だいたい、俺が見に来たのになんで蓮が出ないんだよ」

「必要ないですから」

素っ気なく蓮が応じる。結局今日の三試合に、蓮は出場しなかった。

「ダメだよ、蓮。来年からプロになるんだから、サービス精神は大事だよ。それにそんな余裕かましてたら、星海に負けちゃうよ。ゆうゆうもなるなるもなかなかの強敵だよ」

蓮の冷徹な目がこちらに向けられる。それに気圧《けお》されないように、遊が声に力を込めた。

「双葉さん、約束通り勝ち上がりました」

「そうみたいだな」

蓮が頷くと、成道が口を挟んだ。

「まさか決勝にも出ないなんてことないだろうな」

「……それはない。俺が出ておまえらを叩きのめす」

その苛烈な言葉に遊は胸が熱くなった。星海を敵として、あの双葉蓮が認めたのだ。

「次は絶対に負けない」

成道が断言し、遊も続く。

「僕たちは必ず勝ちます。楽しく生き残ります」

蓮の口角がわずかに上がった。

第4章　ゲーム部、決勝！

1

「新免先生、そろそろ来るかな？」

「うん。森堂戦に向けての秘策を持って来るって言ってたよ」

伊織の問いに、くるみがそう返した。

あの激闘から一週間が経ったが、遊たちに休息の暇はない。さらに一週間後に控えた決勝戦では、最大の強敵である森堂学園が待ち受けているのだ。森堂戦に向けて、遊たちはさらなる猛特訓に励んでいた。

すると廊下から、どたばたと誰かが駆けてくる音が聞こえた。新免だろうがあまりに騒々しいので、遊は胸騒ぎがした。

扉が開くと、あの新免が血相が変えている。いつもは飄々《ひょうひょう》とした新免に、そんな表情があること自体が信じられない。

「七瀬君、お母さんが倒れられたそうだ。すぐに病院に向かいなさい」

その瞬間、遊は凍りついた。言葉は理解できているが、心が呑み込んでくれない。もしかして、という気持ちが遊の思考を奪っている。

「……遊君」

くるみの呼びかけで我に返ると、扉へと走り出していた。

病院に向かうタクシーの中、遊は生きた心地がしなかった。

ふと子供の頃が思い出される。それは、円が入院したときだ。そこで遊は、円の心臓が悪いことをはじめて聞かされた。それと同時に、遊の胸に嵐のような不安が渦巻いた。

お母さんが、お母さんが死んじゃう……幼い遊にとって、それ以上の絶望と恐怖はなかった。円が死ぬ姿を想像して、一人めそめそと泣いた。

ただ遊が成長するにつれ、その不安にも次第に慣れていった。もちろん円が入院する度に当時の恐怖がぶり返すが、その安堵との振幅は次第に小さくなっていった。なんだかんだ言っても神様が円を守ってくれている。遊は、自然とそう思うようになっていた。

けれど、それは見て見ぬふりをしていただけだった。円の命はか細いロウソクの炎のように、いつ消えてもおかしくないものだった。

ゲーム部に夢中で、円をなおざりにしていた。ずっと自分のことばかり気にして、本当に大事な人のことを忘れていた。僕は、僕はなんてバカなんだ……。

後悔と自責の念が、毒のように遊の心を蝕んでいく。病院に着くまでの間、遊はその激痛に悶え苦しんだ。


病院に到着すると、遊は急いで中に駆け込んだ。円は今、手術室にいる。喘息のことなど忘れ、全力疾走でそこまで向かう。

階段を駆け上がり、手術室にたどり着く。その手前にある黒い革張りの長椅子に、父親の誠司が座っていた。遊が来たことに気づき、誠司が立ち上がる。その姿を見た途端、感情が爆発した。

「お父さん、ごめんなさい。僕が、僕のせいで、母さんが……」

涙がボタボタとこぼれ落ちる。誠司の表情が変わるが、涙で視界が滲んではっきりとは見えない。

「……ごめんなさい。ごめんなさい。サッカー部に入ったっていうのは嘘なんだ。ほんとはゲーム部に入ってたんだ。それで母さんに負担をかけて……僕のせいで母さんが……」

混乱して何を言っているのか自分でもわからない。ただ、ただ、誠司への申し訳なさで胸がいっぱいになる。

そのときだ。手術室の扉が開いた。そこから緑色の手術服を着た医師があらわれる。マスクをしているので表情はわからないが、明らかに沈んでいる。沈痛さを体全体にまとっていた。

誠司が慎重に尋ねた。

「円は……」

医師が無念そうに首を振った。

「残念ですが……」

その瞬間、遊は膝を折って泣き崩れた。

「お母さん、お母さん！」

息が、呼吸ができない……喘息だ。喘息の発作が起きたのだ。でもそんなことどうでもいい。自分の身体なんてどうでもいい。

神様、お願いです。母さんを、母さんを生き返らせてください……。

遠のく意識の中、自身の嗚咽と、ぜえぜえという呼吸音だけが耳の中にこだましていた。

2

遊は自分の部屋にいた。背中を扉に預け、膝を抱えて座り込んでいる。

いつもなら部屋は綺麗に片付いているが、今は携帯用のゼリー飲料の容器とペットボトルが散らばり、見るも無残な姿になっている。

円がこの世を去って一週間が経った。病院の廊下で泣き崩れてからの記憶がほぼない。現実なのか、悪夢の中を漂っているのかもわからない。ただ抜け殻のような状態でも葬式だけは参加した。

誠司の隣に立ち、弔問客《ちょうもんきゃく》の対応をした。誠司は毅然とした振る舞いで、丁寧に頭を下げていた。遊は、ただぼんやりとつっ立っていただけだ。

くるみ、由良、伊織、そして善の泣き顔、成道と新免の哀しげな表情だけはかすかに覚えている。あとは何も記憶にない。

いや、そうではない。鮮明に覚えていることが一つあった。葬式の後の夜中、遊がふらふらとリビングに入ると、食卓に誠司がぽつんと座っていた。

その横顔を見て、遊はうろたえた。誠司が……あの誠司が泣いていたのだ。誠司が涙に暮れる姿など生まれてはじめて見た。父さんは泣くことはない。遊は勝手にそう思い込んでいた。

その誠司の頬に、静かな涙が伝っている。もう堪えられない……涙の筋がそう慟哭しているように、遊には見えてならなかった。そして誠司がどれだけ円を愛していたのかを痛感した。遊は部屋に駆け込み、吠えるように号泣した。

それからずっとこうして泣いている。もう涙も鼻水も、体中の水分という水分を出し尽くした。でも円の顔がまぶたの裏に浮かぶと、また涙がしたたり落ちてくる。だから満足に眠ることすらできなかった。

頭が痒く、髪もベタついている。涙が固まって皮膚の感覚が消え、唇も乾き切っている。震える手でスマホの電源を入れた。葬式以来、電源を落としていた。

無数のLINEと着信記録が入っていた。くるみ、伊織、由良、善からだ。そこで日付を見て気づいた。今日は八月三十日……ゲーム甲子園決勝本番、森堂戦の日だ。

そうだ。こんなことをしている場合ではない。今日森堂に勝たなければ、ゲーム部は廃部となるのだ。

急いでくるみに電話をしようとしたが、指が動いてくれない。遊の心がこう絶叫している。

ゲーム部に入らなければよかった……。

スポーツ部の人間のように、部活の充実感を味わいたい。そんな自分のわがままで、円をなおざりにしてしまった。

ゲーム部に誘ってくれたくるみに、遊は感謝の想いしかなかった。でも、今は、今だけはそんな気持ちになれない。もうゲーム部のことなんて考えられない。考えたくもない……。

「花見さん、みんな、ごめん……」

また冷たい涙が頬を伝う……そのときだ。トントンと扉をノックする音が聞こえた。

「遊、いいか」

誠司の声だ。扉を開ける気力もなく、遊は反応できなかった。

「そのままでいい。何も答えなくていいから黙って俺の話を聞いてくれ」

一つ息を吐くと、誠司がおもむろに口火を切った。

「遊、俺はおまえにずっと嘘をついていた。それは俺の膝の怪我のことだ。遊、おまえには俺が高校卒業後プロのサッカー選手を目指さなかったのは、膝を怪我したからだと教えていたな。けれどそれはまっ赤な嘘だ」

遊は驚いた。誠司がそんな嘘をつくなんて信じられない。

「遊、俺はおまえが思っているような強い人間じゃない。弱い人間だ。そしてそれを悟られることをずっと恐れ、周りに隠して生きてきた。

俺は高校サッカーでは活躍できたが、とてもプロでやっていけるほどの実力も自信もなかった。でもその事実をチームメイトや他の人間に知られたくはなかった。周りからは優勝の立役者、頼りがいのあるキャプテンと思われていたからな。

そこで俺は、膝を怪我してプロを断念したと嘘をついたんだ。俺がそういう人間だと知っているのは、円だけだ。円だけには自分の弱さをさらけ出すことができた。円はこんな俺を受け入れてくれたんだ」

そこで一旦言葉を切ると、わずかに声を弾ませた。

「そして俺たちは結婚し、遊、おまえが生まれた。俺はおまえに最初勇気の『勇』という字をつけるつもりだった。俺のような意気地なしになって欲しくない。勇気のある、強い男になって欲しい。そんな願いを込めたかったんだ。

けれど円は、笑ってそれに反対した。そんな勇ましい字をつけなくても、この子は絶対に強い子になるってな。でもせっかく俺が考えたんだからと、『勇』を『遊』に変えましょうと言ってくれた。それでおまえの名前は、『遊』になった。

円の言う通り、おまえは強かった。心《しん》があって、フェアで、優しく、思いやりがある。そんな男に成長した。おまえは喘息でスポーツができないことを気に病んでいたが、そんなものは強さとなんの関係もない。俺がそのいい例だ。スポーツができても俺は弱い人間だからな……。

だから俺はおまえに自分の本当の姿を見抜かれ、軽蔑されるのが恐ろしかった。だから俺は、おまえを遠ざけてしまったんだ。すまん、許してくれ……」

扉越しに誠司が頭を下げているのが伝わってくる。熱いものが遊の胸に込み上げてきた。誠司がまた切々と話しはじめる。

「おまえがサッカー部ではなく、ゲーム部に入ったと円が教えてくれた。絶対に遊を叱るなと前置きしてな。円の想像通り、それを聞いて、正直俺はいい気がしなかった。しょせんゲームはゲームだからだ。

ただな、円はおまえがゲーム部に入ったことを泣いて喜んでいた。円はおまえを丈夫に生んでやれなかったことで、ずっと自分を責めていた。おまえに対して申し訳ないと常々思っていた。だからな、体が弱くてもスポーツ選手のように活躍できるゲーム部をおまえが選んだことが、円は泣くほど嬉しかったんだ。

円はTONを勉強して、俺にもいろいろ教えてくれた。おまえは知らないだろうがな、円と二人でTONをはじめていたんだ。こっそり上手くなって遊を驚かせようと円はおかしそうに言っていた」

そこで誠司が大きく息を吐いた。

「円の心臓は長くは持たない。そのことは覚悟していた。それを承知で俺たちは夫婦になり、円は命がけでおまえを産んだ。そして半年前に、医者から余命宣告を受けた。

その残り少ないかけがえのない日々を、円はおまえを応援して過ごすことができた。おまえはわからないだろうがな、子供が頑張る姿を見るのは、親にとって何よりもの幸福なんだ。

顧問の新免先生に事情を打ち明け、試合を見る付き添いをしてもらった。最後の最後におまえが活躍する姿を、円はその目で見ることができた。円は笑ってこの世を去ることができたんだ。

だから遊、俺は、おまえが生まれてきてくれたことを、ゲーム部に入ってくれたことを、本当に、心から感謝している。ありがとう」

遊の瞳から大粒の涙が溢れ落ちてくる。さっきまでの冷たい、氷のような、悲しさの涙ではない。熱くて、温かい、お日様のような涙だ。

誠司は、円は、そんな風に想ってくれていたのだ……自分が大切に、愛されていたことを知り、遊は静かに泣いた。さらに不器用で無口な誠司が、自分のために必死で言葉を紡いでくれることも涙を後押しする。

そこで誠司が声を強めた。

「遊、今日はゲーム甲子園の決勝なんだろう。全国の切符を逃せば廃部になると新免先生から聞いた。ただこんな状況だ。母親を亡くした直後で、俺ならとても試合なんてできない。俺がキャプテンだったら、申し訳ないが他の部員にはあきらめてもらう他ない。

でもおまえは違う。おまえは強い人間だ。円の子供だ。七瀬誠司ではなく、七瀬遊だ。

だから行ってこい。おまえの大切なゲーム部を、キャプテンのおまえが救うんだ」

するとと扉の下から、誠司がある紙を差し込んだ。それを見て、遊は目を見開いた。以前病院で渡したゲーム部勧誘のチラシだ。円は捨てないで、大切に持ってくれていたのだ。

そのチラシの上部分に、円の字でこう書かれていた。

『頑張れ七瀬遊！　星海学園ゲーム部全国進出だ！』

遊はボロボロのTシャツを脱ぎ、それで涙と鼻水を拭った。鞄を開けて、服を着替える。部装束だ。着替え終えて扉を開けると、誠司が立っていた。

遊が口を開いた。

「父さん、一つ間違ってるよ」

「なんだ」

「僕は七瀬円の子供であり、七瀬誠司の子供だ。僕は二人の勇気を受け継いでいるんだ」

「そうか……」

ふっと誠司の口元に微笑が浮かんだ。

「試合に行ってくる。優勝して全国の切符を勝ち取ってくる。かつての父さんのように」

「ああ、行ってこい」

そう頷くと誠司が軽く手を上げた。遊はその手を叩いた。パンという軽快な音が廊下に響くと、遊はそのまま玄関へと向かった。

3

遊が控え室の扉を開けると、くるみが声を上げた。

「遊君！」

一瞬でくるみの目に涙が滲んだ。他の四人がばっとこちらを見た。伊織、由良も今にも泣きそうな顔になった。

くるみが震える声で確認する。

「しっ、心配したんだよ。大丈夫なの？」

「連絡くれてたのにごめん。でももう大丈夫」

堪えきれなかったのか、くるみがボロボロと泣きはじめた。

「ゆっ、遊君のお母さんに、わっ、わたしお弁当のお礼もまだ言えてなくて。だっ、だから今日会ったらちゃんと言おうと思ってて……でも、でも」

遊はくるみの肩に触れ、優しく声をかけた。

「今の言葉を母さんはきっと天国から聞いてるよ。ありがとう。だから花見さん、もう泣かないで」

「遊君……」

遊はポケットからハンカチを出し、くるみに手渡した。円がいつも洗濯してくれていたハンカチだ。それを受け取ると、くるみが涙をぬぐった。

きちんとハンカチを持っておくのがかっこいい男の子なのよ。円にいつもそう言われていたが、その意味が今わかった気がする。

厳粛な面持ちの新免が、慎重に尋ねてくる。

「七瀬君、試合はできるかい？　無理はしなくていいんだ。ゲーム部がなくなっても、TONはできるんだからね」

遊がゆっくりと首を振る。

「いいえ、出ます。勝って全国に行きます。このゲーム部で、みんなでTONをやるから意味があるんです。絶対廃部にさせません」

その決意を込めた言葉に、鼻の頭が赤くなったくるみが高らかに声を上げた。

「皆の者、我が部のエースが戻ってきたぞ。この試合、いけるぞ」

「そうですな。エース復活ですな」

由良が安堵の声を漏らし、伊織が笑顔を浮かべる。そこで伊織が何かに気づいた。

「七瀬君。コントローラーとヘッドホンは？」

「あっ」

一週間前病院に向かうときに、部室に置き忘れていた。使い慣れたものでないと、とても満足に戦えない。

するとに成道が持っていた鞄を開けた。そこからコントローラーとヘッドホンを取り出し、遊に手渡した。遊のものだ。目を丸くして遊が尋ねる。

「成道君、これって」

遊を無視して、成道がくるみたちの方を見た。

「おまえらは七瀬のことがまるでわかってねえ。前に言っただろうが。こいつは一度言い出したら聞かねえ、とんでもねえ頑固野郎だってな。こいつが森堂を倒して全国に行くって言ったんだ。じゃあ何があっても必ず今日ここに来るに決まってるだろうが」

「成道君……」

成道は遊を信じてくれていた。このコントローラーとヘッドホンが、その何よりもの証だ。

試合時間となり、遊たちは舞台袖に向かった。映画館のようなスクリーンがあり、セットも豪華だ。ゲーム観戦専門の会場で、プロゲーマーの試合もここで行われるらしい。

遊たちが舞台に上がると、観客から歓声が上がった。想像以上に大勢の人が集まっている。びりびりとした興奮と熱気で肌がひりつくほどだ。

同時に反対側の舞台袖から、森堂学園の生徒も入場してきた。波早栞が先頭で、最後尾に双葉蓮がいる。栞は気合いが入っている様子だが、蓮は眉一つ動かさない。

森堂、森堂というかけ声が上がり、くるみが顔をしかめる。

「くっ、完全アウェイなりか」

前方の客席には雑草研究部の佐伯たちがいるが、森堂の応援団に萎縮している様子だ。

すると後方から豪快な声が轟《とどろ》いた。

「星海、優勝だ。遊、九条、全国に行けよ！」

なじみのあるその声に遊は仰天した。

その声の主は、善だった。他にもサッカー部の人間がいる。応援に駆けつけてくれたのだ。

遊は目を見開いて横を見る。

「成道君」

「他の部の応援してる暇なんかあんのかよ。ベスト8止まりで終わったんだからサッカーの練習やっとけよ」

そう成道が憎まれ口を叩いたが、喜びは隠しきれていなかった。

着席して、トレーニングモードで調整する。一週間ゲームをしていなかったが、いつになくエイムの調子がいい。これならば大丈夫だ。

一際大きな歓声が上がった。解説のゲストとして、甘木光太郎があらわれたのだ。スター選手の登場に、観客の熱気がさらに上がる。

遊の視線に気づいたのか、光太郎が大きく手を振り、遊は会釈で返した。光太郎が解説をするのならば、下手な試合は見せられない。

栞が光太郎に見向きもせず、真剣な顔で調整をしている。もう試合モードに入っているのだ。

試合開始の時間となった。全員整列すると、フィールドを決めるために遊と蓮が前に出る。あのすべてを見透かすような目にも、遊は怯《ひる》まない。自分は、七瀬遊は、強い人間だ。誠司がそう教えてくれた。

コイントスをすると選択権は蓮になり、戦国時代の合戦場が選ばれた。TONでは豊富なステージが用意されている。まさに決勝の舞台にふさわしい場所だ。

その間、遊と蓮は一切口を利かなかった。これからお互い試合を通して、無言の会話を続けるのだ。余計な言葉は必要ない。

みんなの下に戻ると、新免が朗らかに言った。

「さあみんな、いよいよ森堂に帝王の座から退いてもらおう。王位奪取だ」

くるみがにやりと言った。

「よろしいのですかな、先生。我がゲーム部の可愛い猛獣どもは少々手荒い。血が流れますぞ」

「理想は無血革命だが、この新免学は現実主義者だからね。仕方あるまい」

由良が言う。

「くるみん、我が闇の暗殺術の使用許可を」

「よかろう。この日のために千年、お主ら一族を我が国でかくまっておったのだ。一子相伝・由良流暗殺拳を帝国に食らわせてやれ」

「神よ、公衆の面前で闇の術を披露する我が罪をお赦しあれ」

由良が手で十字を切る。このやりとりで、遊はゲーム部に戻ってきた実感が湧いた。円陣を組むと、遊が声を上げた。

「さあ勝ちに行こう。楽しく生き残ろう」

「おうっ」

席に座って一つ息を吐くと、モニターに選手が表示された。

森堂は近忍1・中忍2・遠忍1と遊たちと同じ構成だ。7番が遠忍、8番が中忍、3番が栞で中忍、1番が蓮で近忍だ。

試合がスタートする。合戦場なので周囲は草原だ。背景では馬に乗った鎧《よろい》武者《むしゃ》が駆けていた。遊が開口一番言った。

「双葉蓮に『竜王』をぶつける」

ふいをつかれたように伊織が訊き返す。

「えっ、竜王を使うの？」

森堂戦はいつも以上に先制点が重要になる。最初のターンを取らなければ必ず負ける。そう断言してもいい。しかもただ先手を取るだけでは不足だ。致命的な一撃を食らわせたい。それが竜王だ。

すかさず成道が請け負った。

「わかった。七瀬、おまえの忍術ゲージが三つ溜まるまで俺らが時間を稼ぐ。音杉、冬野、それまで死ぬ気で粘れ。絶対落とされるな」

「了解」と伊織と由良が声を揃える。

このステージの塔である物見台が見えてきた。遮蔽物は陣幕だ。幕に隠れて陣の様子を窺うと、森堂側は遅攻を選んだようだ。王者は急がない。読み通りだ。

忍術ゲージを二つ溜めると、遊は合図を出した。

「さあ、行こう」

成道がまず飛び出し、三人があとに続いた。森堂の8番が成道を撃つが、成道が寸前でかわす。ゲーム甲子園前に比べると、成道の攻撃へのかわし方が格段に上達している。

由良、伊織で援護し、成道が蓮につっ込んだ。成道の猛攻を、蓮は鞘受で受け止めている。防膜なしであそこまで対処できることが、遊には未だに信じられない。

ただ、成道の一撃が蓮に入った。成道の攻撃の速度と正確さは、以前よりも飛躍的に上がっている。

「よしっ」

遊は会心の声を上げた。それを見た栞が蓮の援護に入ろうとすると、伊織が叫んだ。

「『土壁《つちかべ》』！」

栞と蓮の間に、地中から土の障壁が生えてくる。普通土壁は、敵の攻撃を防ぐための防御忍術だが、伊織は栞と蓮を分断するために使った。森堂戦に向けてくるみが授けた秘策だ。

そこで遊の忍術ゲージが三つ溜まると、蓮が後方に飛んだ。成道に居合いを放とうとしている。絶好のタイミングだ。

「撃つ」

成道がばっと横移動し、蓮への射線を空ける。

竜王の印を結ぶための音楽を、遊は頭の中でかき鳴らした。素早く印を結ぶと体が激しく点滅する。成功だ。遊がボタンを押すと、獰猛な水竜が蓮に襲いかかる。蓮が反応してかわそうとしても、必ずエイムを合わせる。そう遊は意気込んでいたが、蓮はなんの反応もできずになすすべもなく倒された。

「竜王だ！」

観客の誰かが驚嘆の声を上げ、『残り3』という表示に大歓声が上がる。見事竜王で蓮を撃破すると、その隙に成道が栞を仕留めた。伊織が土壁を解除していたのだ。

7番と8番が慌てて離脱して、点が入った。1対0……森堂から先制点をもぎ取ったのだ。

「よっしゃああ！」

くるみが飛び上がった。「竜王だ、あの10番竜王を使ったぞ」と観客がまだざわついている。やはり竜王のインパクトは破格だ。

「遊、超忍術なんて凄《すげ》えぞ」

善が叫んだ。あれだけゲームを否定していたのに、TONを勉強してくれている……そのありがたさに、遊は鼻の奥がつんとした。

その先制点で遊たちは勢いに乗れた。2ターン目、3ターン目も伊織の土壁戦法がはまった上に、遊の縄跳魚弾と由良の遠隔狙撃が次々と決まる。なんと森堂相手に1セットを奪取したのだ。

王者がいきなり1セットを取られたので、会場中が騒然としている。地区大会で森堂が1セットを取られるなど前代未聞の事態だ。

くるみと新免の下に戻ると、くるみがはしゃいでいる。

「みんな幸先いい出だしだね。どかんと遊君の竜王も炸裂したし、土壁分断作戦も決まったしね」

ただ遊を含めた全員の顔が浮かない。成道が唇を噛んだ。

「あいつら1セット目をわざと落としやがった」

「わざとってどういうこと？」

「こちらの手札を見るために、あえてやられたんだよ」

成道の言う通りだ。森堂の、双葉蓮の実力はあんなものではない。

新免がにこにこと言った。

「まあそうだろうね。ただ七瀬君の竜王を見て、相手はその作戦に切り替えたんだ。これは一筋縄ではいかないと、王者がうちを認めてくれた証拠でもあるんじゃないかな」

くるみが同意する。

「うん、そうだ。皆の者この調子だぞ」

ふうと遊が一つ息を吐いた。そうだ。わざと取らせたかもしれないが、念願の1セットを取れたのだ。油断は禁物だが、そこは自信を持とう。

2セット目がはじまる。1セット目を星海が取ったことで、観客の空気が変わった。波乱が起こる気配が漂ってきたからだ。

1セット目よりも、遊たちは慎重に陣に向かう。相手の出方を窺おうと陣を見ると、遊は何かを聞き取った。左通路の奥からかすかに足音が聞こえる。

「裏取りだ！　冬野さん、左通路を見て」

由良が駆け出すと、案の定7番が迫っていた。通路で射撃戦がはじまる。成道が切羽詰まったように言った。

「8番もいないぞ」

その声に伊織が呼応し、慌てて右通路に向かう。時間差で8番も裏取りを狙っていた。あの王者森堂が、開始早々裏取りを仕掛けてくる？　明らかに1セット目とは攻め方が異なっている。

ただ早めに察知できたので、その裏取りは防げた。7番と8番が自陣に戻り、また仕切りなおしとなる。

全員で陣内に攻め込むと、遊はぞくりとした。いつの間にか、蓮が居合の構えを取っている。その姿勢から刀を一閃すると、紅蓮の炎が舞い上がった。その一撃で成道が倒され、続けて遊も撃沈される。刀の射程範囲ではない。

蓮のキャラクターの背後には、仁王が陽炎《かげろう》のように揺らめいている。その迫力に、遊は思わず息を呑んだ。

「不動明王だ！」

客席の誰かが叫び、津波のような歓声が上がった。遊の竜王に続き、蓮の不動明王までもが炸裂したのだ。

「くそったれが」

成道が机を叩きつける。以前蓮が成道に放った不動明王は、股から切り上げる斬撃だったが、今回はそれを横に凪いだ。不動明王火生《かしょう》ノ太刀――その攻撃範囲の広さで、成道と遊は瞬殺されたのだ。伊織は栞にやられ、7番と8番が二人がかりで由良を倒した。

2セット目は0対1からはじまってしまった。

あの裏取りは、蓮の忍術ゲージを三つ溜める時間稼ぎだったのだ。最初に超忍術で流れを引き寄せる。遊たちがやった作戦を、今度はやり返された。

そこから森堂が王者の牙を剝きはじめた。1セット目に通用した遊たちの攻撃が、ことごとく弾き返される。遊が魚弾を放つと、蓮は『鏡斬《かがみぎり》』という忍術で返した。これは相手の攻撃をはね返せる斬撃で、威力も格段に増す。ボクシングでいうカウンターパンチのような技だ。

鏡斬は、攻撃が当たる刹那で印を結ぶ必要がある。タイミングがシビアで非常に難しい技だが、蓮はいとも簡単にやってのける。

さらに栞も、猫遁《ねことん》忍術の『猫弾《ねこだん》』を使った。これはカーブのように忍弾を曲げて撃つことができる。曲射《きょくしゃ》と呼ばれるものだ。それで伊織の土壁を越えて、遊と成道を上空から狙ってくるのだ。もう土壁に対処されてしまった。

0対2となり、3ターン目がはじまる。成道が焦り混じりに言った。

「七瀬、速攻で雷直分身撃ちを使うぞ。魚弾を合わせろ」

「いよいよだね」

遊の手に汗がにじんだ。普通の雷足からの分身では蓮には太刀打ちできない。それは前に森堂学園に乗り込んだときに体験済みだ。そこで成道は双葉蓮対策として、雷直からの分身、『雷直分身』を練習してきたのだ。

それと同時に、遊も『雷直分身撃ち』を習得した。蓮への切り札として用意した必殺の連携技だ。

忍術ゲージが二つ溜まるタイミングで、陣内につっ込んでいく。伊織が土壁を作って、蓮と他三人を分断する。さらに伊織は、槌投で栞が蓮を援護するのを防ぎ、由良が闇雨鴉で7番と8番を足止めした。

「成道君、七瀬君、今のうちに」

伊織が叫び、成道が蓮に向かう。雷直で一気に加速して距離を詰めると、分身した。右が分身だ！　遊はどうにか見抜いた。すばやく横移動し、その成道の分身に魚弾を放った。

だが蓮は、成道の実体をあっさりと切り捨てた。成道の刃が届く前に、蓮が振るった刀が成道を捉えたのだ。まただ。また容易に実体を見極められた。

しかも返す刀で、遊の魚弾をはね返した。そのカウンターの魚弾で、遊も倒れてしまった。こちらの切り札である雷直分身撃ちが、いとも簡単に攻略されてしまった。

伊織と由良も倒され0対3となり、2セット目を落としてしまった。あっさりと振り出しに戻されたのだ。

やはり森堂は強い……観客もそう再認識したのだろう。番狂わせはないという雰囲気が漂う。

ヘッドホンを外した成道が、悔しそうに問うた。

「……七瀬、あいつはなぜ実体がわかるんだ」

「さっぱりだよ……」

蓮も足音の聞き分けができるのか？　いや、そういう感じではない。じゃあ一体どういうからくりなのだ？　プロゲーマークラスになると、実体と分身の区別がつくのか？　この謎を解明できなければ、3セット目も落としてしまう。

頼みの綱だった雷直分身撃ちが通用しなかったことに、みんなが意気消沈している。

全員で集まると、成道が新免に尋ねた。

「あの野郎が分身をどう見抜いているかわからねえ。先生、わかるか？」

新免が首をすくめた。

「さあ、ちっとも想像がつかないね」

新免でも解明できないのかと遊がうなだれると、くるみがもったいぶるように言った。

「ふふふ、とうとうこの灰色の脳細胞の出番ですな」

成道が口を曲げて遮る。

「おい、今はおまえの冗談に付き合っている暇はない」

「双葉蓮が成道君の分身をどう見抜いているのかがわかった。そう言ってもですかな」

「何！　花見、おまえわかったのか？」

「以前から仮説は立てていたのですが、さっきの2セット目で確信しました。こちらをご覧あれ」

くるみがスマホを取り出し再生ボタンを押すと、コントローラーを持った双葉蓮が映った。森堂学園に乗り込んだとき、くるみが隠し撮りしていたものだ。

「これがなんだ？」

成道が訝しげに凝視する。

「ほらっ、ここ、ここを見て」

くるみがある場面で停止した。蓮がただゲームをプレイしているだけだ。

「普通のシーンに見えるけど」

遊が口を挟むと、くるみが蓮の顔を指差した。

「普通じゃないよ。モニター見てないでしょ。バトル中なのに目線を外しているんだ」

「ほんとだ」

「で、双葉蓮の視線の先にいるのは成道君なんだよ」

遊は思わず疑問を漏らした。

「なんでゲーム中に成道君を見てるんだろ」

「これって成道君が分身を使った瞬間なんだ。おそらくだけど成道君の癖から、分身と実体を見抜いているんだよ」

「俺の癖から見抜く？　どういう意味だ？」

かぶりつくように成道が訊くと、くるみが答えた。

「成道君は分身を使うとき、実体側に少し体を傾ける癖があるんだ。練習中も今もそうだった」

遊が手を叩いた。

「なるほど。そういうことか」

くるみが嬉しそうに頷く。

「森堂学園に乗り込んだとき、双葉蓮は成道君と相対するように座りなおしたじゃない。たぶん分身使いにはよくある癖なんじゃないかな」

今日の試合も、成道と蓮は対面の席だ。遊が感心混じりに言った。

「よくそんなのわかったね」

「分析が私の仕事だからね」

けろりとくるみが言うが、何度もくり返し見なければこんな発見はできない。くるみの努力の成果に、遊は胸が熱くなった。

伊織がわなわなと言った。

「じゃあ双葉蓮は、あの分身の瞬間だけ成道君の方を見てプレイしてるってこと？　嘘でしょ」

「……だから双葉蓮はプロゲーマークラスって言われてるんだ」

冷たい手で首筋を撫でられたように、遊は震え上がった。まさに最強の男だ。

くるみがくつくつと肩を上下させる。

「だがきゃつのその妖術《ようじゅつ》を、我が額の邪眼《じゃがん》が看破した。成道君の席を、双葉蓮と一番離れた今の由良りんの席にすれば防げるなり」

由良がくるみを持ち上げる。

「さすが星海の名探偵ですな。これは探偵事務所の設立許可を役所に申請すべきですな」

「モナミ、それはアリですな。だがこの名探偵・エルキュールくるみは、警察が手に負えぬ難事件しかやりませぬぞ」

遊がさらりと否定する。

「成道君の席はそのままでいいよ」

「なんで？」

肩すかしを食らったように、くるみが崩れ落ちる。

「それより成道君のその癖を逆手に取ろう」

「なるほど、逆手ね」

にやりとする成道に遊は目を細めた。さすが成道だ。すぐに気づいてくれた。

3セット目開始の時間だ。全員で円陣を組む。いよいよ最終決戦だ。全国か廃部か……

ゲーム部の運命がこのセットで決まる。

強烈な緊張が込み上げてくるが、それをみんなで作る円陣が鎮めてくれる。この仲間とならば、きっと乗り越えられる。

遊が息を吐き、決意と祈りを込めて言った。

「これをゲーム部最後のセットにはしない。みんなと一緒にまだまだ戦いたい。全国で」

くるみが真顔で頷いた。

「うん。そうだね」

成道が軽い口ぶりで言った。

「当たり前のことをいちいち言うな」

遊が覇気のある声を吐いた。

「さあ勝ちに行こう。楽しく生き残ろう」

「おうっ」

これまでで一番大きな声が合わさった。体全体から気合いがほとばしる。

星海と森堂が着席すると、観客がしんと静まった。最終セットの緊張感が、客席をも包み込んでいる。静寂と共に空気がはりつめていく。

蓮も栞も落ちついている。実力も経験も森堂の方が上だが、遊たちには負けられない理由がある。それをバネにして森堂を超える。ふうと遊が細い息を吐き、呼吸を整える。さあ、いざ尋常に勝負だ。

第3セットがはじまり、遊たちは陣に駆け出した。遊が強い口調で言った。

「成道君、わかってるね」

「わかってる。まずは雷直分身撃ちで双葉の野郎を撃破する」

成道が即座に応じると、伊織に命じた。

「音杉、あれやるぞ」

「うん、わかった」

了承する伊織に、遊がすかさず尋ねる。

「あれって何？」

「黙って見とけ。七瀬、おまえはとにかく分身の聞き分けとエイムに集中しろ」

何をやるかはわからないが、二人を信用する。指示通り、自分は分身撃ちだけに専念しよう。幕の手前で待ち、忍術ゲージを二つ分溜めると、成道が飛び出した。

「音杉！」

「『横壁《よこかべ》』！」

間髪容れずに伊織が反応する。地面からではなく幕から土壁が生え、それが成道の体に直撃する。その勢いで成道が、猛スピードで蓮に向かっていく。防御技である土壁を、加速装置に使ったのだ。なんて発想力だと遊は舌を巻いた。

さらに成道が雷直を発動させ、一瞬で蓮との距離を詰めた。意表をつけたのか、栞の援護が間に合わない。

成道が分身を使うと同時に、蓮が刀を抜いた。だが刀は空を切り、蓮の姿勢が崩れた。分身が成功したのだ。

成道が蓮を斬り、ダメージが入った。その直後に遊の魚弾が襲いかかり、蓮が倒される。さっき失敗した分身撃ちが今回はうまくはまった。

「よしっ」

残り3となり、成道が会心の声を上げる。指示があったのか、栞を含めた三人が離脱する。大事な3セット目の先制点を取れたのだ。

遊は急いで蓮の顔色を窺った。かすかだが、その表情には悔しさが滲み出ている。あの双葉蓮の裏をかけたことに、遊は強烈な快感を覚えた。

伊織が声を高ぶらせる。

「分身撃ち決まったけど、どうして？　双葉蓮は成道君の体の傾きで実体を見極められるんじゃないの？」

遊が答える。

「うん、だから成道君はいつもと体の傾きを逆にしたんだ」

「なるほど。逆手ってそういうことか」

「さすが星海の孫子兼諸葛孔明、七瀬遊ですな」

そう由良が感心すると、成道がむっとした。

「バカ、成功させたのは俺だぞ」

遊はふき出した。でもいきなり癖を逆にするなど、成道にしかできない芸当だ。

これで波に乗れる。そう希望を抱いたが、さすが王者森堂だった。2ターン目に遊は縄跳を使ったが、それを栞の猫弾で落とされた。もう縄跳を攻略してきたのだ。

しかも栞が撃った猫弾を、蓮が鏡斬で跳ね返した。その威力を増した猫弾が、伊織と由良を強襲する。そんな使い方もあるのかと遊は呆気にとられた。技の発想力は成道に引けを取らない。

1対1になり、遊はここで奇策を用いた。成道の雷直裏取りだ。それが完全に予想外だったのか、森堂側はそれで崩れた。森堂相手に裏取りを使うチームは少ない。くるみが森堂対策として考えた作戦だ。

2対1になった。あと1点を取れば星海が勝利できる。伊織が土壁で栞と蓮との分断に成功したので、遊は蓮に向けて縄跳魚弾を使った。

しかし蓮は、魚弾を鏡斬で跳ね返し、そのカウンターの魚弾が遊に命中した。縄跳の軌道で動く遊を、弾いた魚弾で撃ち落とす？　ありえない技量だが、これが双葉蓮なのだ。

とうとう2対2となった。次のターンですべてが決まる。会場の空気が薄くなり、呼吸が苦しくなってきた。緊張と興奮が、遊の胸の中で暴れ回っている。

最後のターンがはじまると、成道がすぐさま言った。

「雷直分身撃ちだ。雷直分身撃ちしかない」

「そうだね」

伊織が同意し、「それしかありません」と由良も応じる。

もう蓮は、成道の癖から実体を見抜けない。この技にかけるしかない。

遮蔽物の幕前で、お互い忍術ゲージを二発分まで溜めた。いよいよ決着のときだ。

由良が放った闇雨鴉に合わせて成道が一気に飛び出すと、伊織が縦槌で琹を攻撃する。うまい。最終局面で、この試合初となる技を使ったのだ。琹は咄嗟に防膜で防いだが、その防膜がパリンと割れた。

成道が雷直の構えを取り、体が光った。いよいよだ、と遊が魚弾の印を結ぼうとした刹那、

「待て！」

その成道の叫びに、遊がびくりと指を止める。成道の体の光がふっと消えた。忍術キャ

ンセルだ。

するとその直後、7番が『蟹爪《かにづめ》』を発動させた。相手を蟹の爪で挟む広範囲の忍術だ。

だがその凶暴な爪が、むなしく空を切る。森堂の隠し技だが、成道が直前で察知したのだ。

その爪が消えるや否や成道が雷直を使い、一気に蓮に迫った。蓮が腰を落とし、居合の構えを取る。その立ち姿を見た瞬間、遊は戦慄した。

やられる……蓮が成道の実体を斬り捨て、遊の魚弾を鏡斬で弾き返す。その光景が一瞬で脳裏をよぎる。遊は思わず叫んでいた。

「音杉君、土壁だ！　僕の足元」

その咄嗟の注文に、伊織が応えてくれる。地面から土壁が飛び出すと、その反動で遊は宙を舞った。普通の分身撃ちならば、必ず蓮に返される。蓮の予想外の一撃……それは死角である上空からの魚弾だ。

蓮が成道の実体を見抜き、居合で見事に切り捨てた。やはりあの嫌な予感が的中した。だがこの魚弾を当てればいい。遊が魚弾の印を結んだその瞬間、蓮のキャラクターがこちらを向いた。これも読むのか……このまま撃っても、また鏡斬ではね返られる。

慌てて忍術キャンセルで魚弾を消したが、もう成道は倒された。残り4で、まだ森堂の誰も倒せていない。もうダメだ。

廃部……目の前に暗幕が降りはじめ、モニターの青い空と高台の忍玉をかき消そうとする。あのきらめく忍玉にさえ触れれば、勝利を摑めるのに。あれさえ、あれさえこの手に届けば……あっ。

雷光のような閃きで脳が痺れたと同時に、遊の身体が反応した。全神経に号令をかけて、指を最優先で動かす。速く、とにかく速く……。

魚弾キャンセルから縄跳の印を連続で結ぶ。球を最長距離の斜め四十五度に出現させ、縄と繋がった。ブランコのように放物線を描き、遊は滑空した。目指す先は、高台の一番上だ。

玉取りだ。土壁の跳躍と縄跳を合わせれば、ギリギリだが届く。絶望の淵で忍玉を見た瞬間、このアイデアが浮かんだ。これが遊の、星海の起死回生の一手だ。

軌道を読みながら、遊は縄を消した。いける。どうにか届く。あとちょい、もうちょい。遊の目前まで忍玉が迫ってきた。あの輝く玉に触れれば、星海の勝利。あれは全国へ誘う扉だ。

忍玉を取った……そう遊が顔を輝かせる寸前で、目の前に何かが立ちふさがった。

それは、猫だった。琹の猫弾が遊に襲いかかってきたのだ。

防膜！　瞬時のうちにボタンを押したが、膜が張れない。そうか。空中では防膜は使えないのだ。

猫弾の一撃をまともに受けて、遊は倒された。

モニターを見つめながら遊は放心した。宝が手に入る直前で、忽然と消えてしまった。

伊織、由良もなすすべもなく倒される。

2対3……森堂学園の勝利となった。

わっと歓声が上がり、森堂学園のメンバーが喜んでいる。善のサッカー部、佐伯の雑草研究部の星海の応援団は沈黙し、解説席の光太郎は興奮して立ち上がっていた。

全員で整列して挨拶をする。成道、伊織、由良も心ここにあらずという感じだ。まだ敗北が受け入れられない。

栞がぼそぼそと言った。

「おまえらは強かった。一瞬負けも覚悟した」

続けて蓮が尋ねてくる。

「最後の土壁で跳躍してからの縄跳玉取りはあらかじめ用意していた戦法か」

「……いえ、咄嗟の思いつきでした」

「そうか……咄嗟であんなことができたのか」

驚きと感心の色が、蓮の表情に浮かぶ。そこに成道が割って入る。

「あの雷直分身をどうやって見抜いた？　最後のやつは体を傾けなかった」

「教えたくないな」

「何？」

「おまえがプロゲーマーになって俺のチームに入ったら教えてやる」

そう蓮が成道の肩を叩いた。

「俺は先に行く。おまえたちもいずれ来い。必ずな」

成道だけでなく遊も見てから、蓮が立ち去っていった。その口角は、わずかに上がっているように見えた。

双葉蓮に認められた……ただそこに一切の喜びはなかった。

くるみと新免が出迎えてくれる。くるみの目の縁にも涙が溜まり、それが今にもこぼれ落ちそうになっている。その顔を見て、遊の胸はしめつけられた。

くるみが胸を張って言った。

「皆の衆よくやったぞ。あの王者森堂をギリギリのところまで追い詰めたのだ。我々は偉業を成し遂げたのだ」

懸命に強がっているのが、痛々しいほど伝わってくる……堪えきれずに、遊はボロボロと泣いた。

「ごっ、ごめん。みんな、ごめん。あのとき、僕が忍玉を取れていたら。僕のせいでゲーム部がなく、なくなっちゃう……」

くるみ、成道、伊織、由良、新免……みんなに対しての申し訳ない気持ちが目に押し寄せ、そのすべてが涙となって溢れ落ちる。

くるみが慌てて励ます。

「遊君、遊君のせいじゃないよ。遊君がいなかったらゲーム部自体なかったんだよ。それにゲーム部がなくてもTONはできるんだ。そうだ。うちの家で毎日ゲームパーティやろうぜ。ポテチもたっぷり用意するからさ」

新免も優しく声をかける。

「そうだ。七瀬君、君がいなかったらここまで来れなかった。大健闘だよ」

涙と鼻水を垂らしながら、遊は切々と続けた。

「僕は、ぜっ、全国に行きたかった。花見さんに全国大会に出て、手帳に特大シールを貼って欲しかった。音杉君に、愛咲日菜子と会ってもらいたかった。冬野さんに、強い男性プレイヤーを蹴散らして欲しかった。新免先生に、美味しい屋台の店に行って欲しかった。なっ、成道君の名前を全国で轟かせ、プロゲーマーになって欲しかった。

そして母さんに、母さんに……天国から僕が全国で活躍する姿を見て欲しかった……でっ、でもそれが、ゲーム部が廃部になったら、それが、それが、もっ、もうできない……できないんだ！」

嗚咽《おえつ》が、嗚咽が止まらない。

もう限界だったのか、くるみの瞳からも大粒の涙が溢れ落ちた。

「やっぱりゲーム部が廃部になるの嫌だあ！　みんなと一緒にゲーム甲子園にまだまだ出たいよお。今度は、今度こそは森堂を倒して全国に出たいぃ！」

顔を上げ、くるみがワンワンと号泣している。伊織、由良、さらには新免の頰にも涙が伝っている。

成道が叫んだ。

「うるせえ。何全員泣いてやがる。七瀬、花見、どんだけ大声で泣いてやがるんだ。おまえらはガキか。みんなこっち見てるぞ」

ひっく、ひっくとくるみがしゃくり上げる。

「だって、だって、ゲーム部が、私達の大切なゲーム部がなくなっちゃうんだもん。こんな、こんな悲しいことないよお」

「泣くな、泣くな！　泣くなって言ってんのがわからねえのか！」

成道が肩を震わせ、必死の形相で泣くのを耐えている。だがとうとう耐えきれなくなったのか、一筋の涙が頰を伝う。

全員の泣きっぷりに、観客たちがざわめいている。スタッフもどうしたらいいのか戸惑っている。でもそんなのどうでもいい。今は、今だけは、遊はみんなと一緒に泣きたかった。泣くことしかできなかった。

4

敗戦から一週間後、遊たちはゲーム部の部室にいた。

くるみ、成道、伊織、由良と全員いるが、何もせずにぼんやりしている。試合のあとからずっとこの調子だ。廃部は決定しているが、今日まで待機していろと学校から命じられていた。

遊はやっと目の腫《は》れが引いてきたが、くるみの目はまだ腫れぼったい。伊織も由良も元気がなく、ため息が途絶えない。

伊織がぽつりと言った。

「そろそろ新しい部活を決めないと……」

その言葉にくるみが反応する。

「新しい部活……」

くるみの目にじわっと涙が浮かび、伊織が慌てて謝る。

「ごめん。今のなし」

とはいえ伊織の言う通り、何か部活を探さなければならない。でもゲーム部以外に入りたい部活なんてない。

時間が来たので、遊たちは校長室へと向かった。今日は校長から呼び出しを受けていたのだ。校長の口から直接廃部を言い渡すのだろう。

「失礼します」と校長室に入る。重厚そうなテーブルの奥に校長が控え、その両隣にサッカー部の顧問の溝端と新免が立っていた。普段は気楽そうな新免が沈痛な面持ちで控えている。

校長は白髪を横になでつけ、高そうなストライプのスーツを着ている。溝端は太っていて、顎の肉が垂れ下がっている。これで学生時代はサッカーの名選手だったのだから信じられない。

溝端が、不機嫌そうに成道を見つめている。溝端が成道を星海にスカウトしたが、成道はサッカー部に入らなかった。そんな因縁が二人にはある。

校長が切り出した。

「君たち、用件はわかってるね」

代表して遊が応じる。

「……はい。ゲーム部廃部の件ですね」

「そうだ。全国進出を逃せばゲーム部は廃部だ。確かそういう条件だったね。新免君」

校長が新免を見ると、新免が口を開いた。

「はい。ですが、校長、彼らはよくやりました。全員一年生ながら県大会準優勝という快挙を成し遂げたんです。なんとか廃部だけはご勘弁いただけないでしょうか」

そう丁重に頭を下げる。その新免の殊勝な態度に、遊は泣きそうになった。

校長が顔を歪めた。

「何を言ってるんだ。私を含めたみんながゲーム部設立自体を反対したのに、君が強引に推し進めたんだろうが。ゲーム部存続の条件は、全国進出だ。教師の君が約束を破るのかね」

「……ですが」

新免が唇を嚙みしめると、溝端が腹立たしそうに言った。

「昨今の風潮はどうかしてますな。世間はゲームがスポーツだと持て囃《もはや》しているそうではないですか、実にバカバカしい。スポーツとは全身すべてを使うものだけを指すんだ。新免君、君も星海の教師ならば、教育者としての矜持を持ちたまえ」

怒りのあまり、遊は意識が遠のいた。こんな無理解な大人達が、ゲーム部を廃部に追い込んだのだ。続けて溝端が、射抜くように成道を見た。

「九条、おまえの傍若無人もここまでだ。俺は我慢強いからこの日までは耐えてやったが、もう廃部は決まったんだ。サッカー部に入れ」

成道が鋭い目で切り返した。

「嫌だと言ったら」

「そんなもの退学だ。おまえはスポーツ推薦なんだからな。そうですよね、校長」

「確かにスポーツ推薦ならばスポーツ部に入ってもらわないと困るな」

ゆったりと校長が頷くと、遊の堪忍袋の緒《お》が切れた。もう退学になってもいい。この二人に言いたいことだけは言わせてもらう。遊が口を開こうとしたそのときだ。

「ちょっと待ってください」

急に誰かが入室してきて、遊は驚いた。善だ。善があらわれたのだ。溝端が眉根を寄せた。

「なんだ冴島、サッカー部のおまえには関係ないだろうが」

善が、深々と頭を下げて頼んだ。

「校長先生、溝端先生、お願いします。ゲーム部を存続させてあげてください」

校長と溝端が面食らったように顔を見合わせる。遊が声を震わせて呼びかけた。

「……善」

善が表情を緩めて謝った。

「遊、悪かった。おまえの試合を見て、ゲームが遊びだというのが俺の偏見だってわかったよ。サッカーの試合と変わらねえぐらいみんな真剣で熱くてさ、俺感動したぜ」

さらにぞろぞろとサッカー部の部員が入ってくる。最後尾には佐伯と雑草研究部の二人もいた。全員が腕に段ボール箱を抱えていて、それを次々と部屋に置いていく。あっという間に、校長室が段ボール箱で埋まった。

校長が目を丸くする。

「おいおい、冴島君、なんだね、これは？」

「ゲーム部存続のための嘆願書です。ネットでの署名はプリントアウトしてきました」

「たっ、嘆願書。こんなに？」

遊は目を疑った。試しに箱を一つ開けてみると、用紙がぎっしり入っていた。信じられないほどの量だ。善が首を縦に振る。

「学校中に声をかけてみんなに書いてもらったんだ」

「それ以上にある気がするけど……」

「ああ、他校も協力してくれた。吹石高校の児玉春近さんや、森堂学園の双葉蓮さんと波早栞さんが、自分の高校を含めていろんなところに声をかけてくれたんだ。星海学園ゲーム部を潰したくないと言ってな」

「みんなが……」

「それだけじゃない。プロゲーマーの甘木光太郎さんもゲーム部存続の呼びかけをしてくれたんだ」

「甘木さんまで」

目の奥に熱いものが込み上げてくる。出会った人たちすべてが、星海学園ゲーム部を存続させようとしてくれている……くるみの目も涙で潤んでいる。

「雑草研究部も手伝ってくれたの？」

そう遊が佐伯に問うと、佐伯が眼鏡を持ち上げた。

「もちろん。七瀬氏のためですからな。我が雑草研究部の伝家の宝刀、『草の根運動』を展開させていただいた」

善が補足するように言う。

「協力者はそれだけじゃない。ＴＯＮを支援する各企業や団体にも声をかけてくださった人がいる」

「誰なの？」

すると善の背後から何者かがあらわれ、遊は目を白黒させた。

誠司だ。スーツ姿の誠司が部屋に入ってきたのだ。溝端が、驚きと懐かしさが入り混じった声をかける。

「七瀬君じゃないか。久しぶりだな」

「校長先生、溝端先生、ご無沙汰しております」

誠司が丁寧に頭を下げると、間髪容れずに頼んだ。

「どうかゲーム部を存続していただけないでしょうか。これだけの数の嘆願書を見ればおわかりになるでしょう。星海学園ゲーム部は多くの人に求められているのです」

校長が渋い顔をする。

「いくらサッカー部の英雄の君の頼みと言ってもなあ」

誠司が、一転して尖った声になる。

「TONを正式に認可している文科省が、今回の廃部の件について詳しく知りたがっていますが」

校長がぎくりとする。

「もっ、文科省！」

「お二人に認めていただけないのであれば、この嘆願書を持って理事長にかけ合うしかない。場合によっては文科省にも相談する。私はそう考えているのですが……」

含みを持たせたその言い回しに、校長が色を失った。慌てて校長と溝端が顔を合わせ、目で相談し合っている。溝端は苦虫を嚙み潰したような顔で、嫌々ながらも頷いた。

校長がこちらに向きなおった。一つ咳払いをすると、威厳を保ちながら言った。

「……七瀬君、まあ君の頼みだ。かつての君の活躍がなければ、星海学園もこの規模になっていなかっただろうからな。特別だ。ゲーム部存続を認めよう」

くるみがすかさず確認する。

「校長先生、ほんとに、ほんとに廃部はなしですか」

「ああ……」

「校長と武士に二言はなしですよ。絶対ですね。絶対、絶対ですよ」

「わかっとる。ゲーム部は続けていい」

うるさそうに校長が返すと、くるみが飛び跳ねた。

「やった。ゲーム部存続だ。やったあ！！」

拳をつき上げて、歓喜の声を爆発させる。

「みんな、やったよ。ゲーム部が続けられるんだよ。嬉しい、嬉しいよ」

くるみが豪快に泣いている。その感激ぶりを見て、遊の頬に熱い涙が伝う。由良、伊織も、満面の笑みを浮かべて嬉しがっている。

新免と誠司が目と目を合わせ、微笑み合っていた。ゲーム部存続のために、陰で二人が動いてくれたのだ。

すると溝端が声を荒らげ、成道を指差した。

「九条、おまえにはゲーム部を辞めてサッカー部に入ってもらうぞ」

忘れていた。まだその問題が残っていた。その溝端の剣幕と反するように、善が朗らかに返した。

「溝端先生、それは無理ですよ」

「なぜだ？」

「九条は膝を怪我してます。もうサッカーは二度とできませんよ」

「なんだと！」

溝端が驚愕すると、善が笑顔で続ける。

「それにスポーツ推薦の件も問題ありません。ゲームも今やスポーツですからね。スポーツ推薦の九条がゲーム部に入ることにはなんら問題はない」

放心する溝端を捨て置き、善が成道の方を見た。成道が不思議そうに訊く。

「冴島、なぜおまえが俺の膝のことを知ってる？」

善が目を細めて答える。

「遊がおまえを悪いやつじゃないと言っていたからな。それで調べさせてもらったんだ。膝を壊してサッカーができないなら早く言えよ」

ふうと成道が息を吐き、笑みをこぼした。

「……そうだな」

「おまえとコンビを組んでサッカーができないのは残念だが、俺の代わりに遊がいる。おまえ達は全国で活躍してプロゲーマーになれ。俺はプロサッカー選手になる」

善が軽く拳を持ち上げると、成道がそれに拳を合わせた。やっぱり善は遊の親友だ。そこで誠司が声をかけてきた。

「遊、よかったな。ゲーム部が存続して」

「父さんのおかげだよ。ありがとう」

「母さんが天国でおまえの活躍する姿を見たがってるからな。何がなんでも絶対に潰すわけにはいかなかった」

「うん、そうだね」

遊が笑顔で頷くと、誠司がやわらかな笑みを浮かべる。

くるみが声高らかに言った。

「さあ、皆の者、歓喜の舞を踊るぞ。全員手を繋ぐのだ。冴島君も、遊君のお父さんも、雑草研究部のみんなも早く繋いで」

由良が口を挟んだ。

「くるみん、サッカー部の連中はどういたしますか？　彼らは我らが仇敵スポーツ部ですぞ」

「かまわん、由良りん。昨日の敵は今日の友。我が軍門に下るのならば、歓喜の舞に加えてやろうではないか」

「なんたる度量の大きさ。さすが我が部長ですな」

そう由良が感心すると、くるみが強引に全員の手を繋がせ、部屋中をぐるぐると回りはじめた。わけがわからないが、やっているうちに楽しくなってきた。くるみ、伊織、由良、成道、新免、善、そして誠司までもが笑顔になっている。

憮然とする校長と溝端をよそに、遊達は歓喜の舞を踊り続けた。

第5章　ゲーム部、継続！

それから八ヵ月後……。


遊は学校の敷地を歩いていた。

春の到来を知らせる新緑の匂いがし、色鮮やかな街路樹の緑が目に心地いい。その下で、生徒達が新入部員の勧誘合戦をくり広げている。毎年この光景を見ると気分が滅入っていたが、今年は違う。春がやってきた、と胸が高ぶってくる。

屈強な体格の柔道部員やラグビー部員の肉の森を抜けると、文化部のあるテントにたどり着いた。ここは相変わらず閑散としている。

その一角に派手なテントがある。聖フルカラーで、テントの前には愛咲日菜子の巨大なパネルが置かれている。ふき出しで、『私に会えるのはゲーム甲子園だけ』と書かれていた。伊織の力作だ。さらにその横に立てられた幟《のぼり》には、『星海学園ゲーム部』と書かれていた。

テントの中には、くるみ、伊織、由良、そして成道がいる。みんな部員勧誘のための準備をはじめていた。くるみが遊に気づいた。

「あっ、遊君。待ってたよ」

「ごめん、遅れて」遊が伊織の方を見る。「音杉君、大丈夫?」

伊織が窮屈そうに腰を屈めている。伊織の体格ではテントが狭すぎるのだ。

「うん、どうにか」

由良が不満げに言う。

「このテントどうしてこんなに小さいのでありますか? あっちのスポーツ部のテントは広大でしたぞ」

くるみが仏頂面で返した。

「きゃつらスポーツ部の連中はテントまで優遇されておるのだ。我々庶民はこれほど貧困にあえいでいるというのに……何がパンがなければお菓子を食べればいいだ。あのオーストリア女め」

マリー・アントワネットのことを言っているのだろう。

「くるみん閣下、そろそろ王政打倒ですか」

「いや、由良りん伯爵。まだ機は熟しておらぬ。実力だ。我々はもっと力を蓄えねばならぬ。そのためには新入部員という名の武器弾薬が必須なり」

「御意。投網《とあみ》で新入生を一網打尽にしましょう」

由良が頷くと、成道が不機嫌そうに言う。

「バカバカしい。だいたいなんで新入部員の勧誘なんかしなきゃいけねえんだ。人数はもう足りてるじゃねえか」

くるみが反論する。

「成道君、君は星海学園の部員数の大切さをわかっておらん。いいかね。部員数はすなわち政治家でいう議席数。野党のままで悔しくないのかね。与党になって政権運営に携わることこそ、我々政治家の本懐なり！」

「いつ政治家になったんだ。俺は帰るぞ」

成道が立ち去ろうとすると、くるみが不敵に笑った。

「ふふふ、これからは九条成道と書いて、『うつけ者』と呼ぶことにしよう」

「なんで俺がうつけ者なんだ」

「部員があと四人集まれば、部活でいつでも対戦ができるのですぞ。実戦に勝る練習はござらん。これでも新入部員が必要ないと申すのかね」

成道が忌々しそうに言った。

「……早くチラシを渡せ」

みんなで顔を見合わせ、笑いを噛み殺す。やはり成道はわかりやすい。

くるみが全員にチラシの束を配る。それを見て、遊は思わず笑みをこぼした。そこにはこう書かれていた。

『ゲーム部やっています』

去年は『ゲーム部はじめました』で、今年は『ゲーム部やっています』か……その文字の変わる様が、遊には何より嬉しかった。

くるみが拳をつき上げた。

「さあ皆の者、心してかかれ。青春と情熱を爆発させるぞ。星海学園ゲーム部二年目スタートだ！」

「おおっ！」

みんなの声が響き渡った。

この作品は書き下ろしです。

〈著者紹介〉

浜口倫太郎（はまぐち・りんたろう）

1979年奈良県生まれ。2010年、『アゲイン』（文庫時『もういっぺん。』に改題）で第５回ポプラ社小説大賞特別賞を受賞しデビュー。放送作家として『ビーバップ！ハイヒール』などを担当。他の著書に『22年目の告白―私が殺人犯です―』『廃校先生』『シンマイ！』『AI崩壊』『ワラグル』などがある。

ゲーム部《ぶ》はじめました。

2021年10月15日　第１刷発行　　定価はカバーに表示してあります

著者…………………………浜《はま》口《ぐち》倫《りん》太《た》郎《ろう》

発行者………………………鈴木章一
発行所………………………株式会社 講談社
〒112-8001 東京都文京区音羽2-12-21
編集03-5395-3510
販売03-5395-5817
業務03-5395-3615

KODANSHA

本文データ制作…………講談社デジタル製作
印刷…………………………豊国印刷株式会社
製本…………………………株式会社国宝社
カバー印刷…………………株式会社新藤慶昌堂
装丁フォーマット…………ムシカゴグラフィクス
本文フォーマット…………next door design

ISBN978-4-06-524591-0　N.D.C.913　332p　15cm

講談社
タイガ

浅倉秋成

失恋の準備をお願いします

イラスト
usi

「あなたとはお付き合いできません――わたし、魔法使いだから」

告白を断るため適当な嘘をついてしまった女子高生。しかし彼は、君のためなら魔法界を敵に回しても構わないと、永遠の愛を誓う。フリたい私とめげない彼。異常にモテて人間関係が破綻しそうな男子高生。盗癖のある女子に惹かれる男の子。恋と嘘は絡みあい、やがて町を飲み込む渦になる。ぐるぐる回る伏線だらけの恋物語!

講談社タイガ

保坂祐希

大変、申し訳ありませんでした

イラスト
朝野ペコ

テレビで今日も流れる謝罪会見。飛び交う罵声《ばせい》、瞬くフラッシュ、憤《いきどお》りとともに味わうすこしの爽快感――でもそれでいいの？

冷徹冷血で報酬は法外《ほうがい》、謝罪コンサルタント・山王丸《さんのうまる》の元で新しく働くことになったのは、私!?　単なるお笑い好きの事務員がひょんなことから覗《のぞ》き込むことになった「謝罪会見のリアル」は波乱とドラマに満ちていた！　感動の爽快エンターテインメント！